Le retour de Nico Santini

KATE HEWITT

Le retour
de Nico Santini

Traduction française de
SYLVIE CALMELS-ROUFFET

Collection : Azur

Titre original :
BACK TO CLAIM HIS ITALIAN HEIR

© 2023, Kate Hewitt.
© 2024, HarperCollins France pour la traduction française.

Ce livre est publié avec l'autorisation de HARLEQUIN BOOKS S.A.

Tous droits réservés, y compris le droit de reproduction de tout ou partie de l'ouvrage, sous quelque forme que ce soit.
Toute représentation ou reproduction, par quelque procédé que ce soit, constituerait une contrefaçon sanctionnée par les articles 425 et suivants du Code pénal.

Si vous achetez ce livre privé de tout ou partie de sa couverture, nous vous signalons qu'il est en vente irrégulière. Il est considéré comme « invendu » et l'éditeur comme l'auteur n'ont reçu aucun paiement pour ce livre « détérioré ».

Cette œuvre est une œuvre de fiction. Les noms propres, les personnages, les lieux, les intrigues sont soit le fruit de l'imagination de l'auteur, soit utilisés dans le cadre d'une œuvre de fiction. Toute ressemblance avec des personnes réelles, vivantes ou décédées, des entreprises, des événements ou des lieux serait une pure coïncidence.

HARPERCOLLINS FRANCE
83-85, boulevard Vincent-Auriol, 75646 PARIS CEDEX 13
Service Lectrices — Tél. : 01 45 82 47 47 - www.harlequin.fr
ISBN 978-2-2805-0289-4 — ISSN 0993-4448

Édité par HarperCollins France.
Composition et mise en pages Nord Compo.
Imprimé en avril 2024 par CPI Black Print (Barcelone)
en utilisant 100% d'électricité renouvelable.
Dépôt légal : mai 2024.

Pour limiter l'empreinte environnementale de ses livres, HarperCollins France s'engage à n'utiliser que du papier fabriqué à partir de bois provenant de forêts gérées durablement et de manière responsable.

1

— Moi, je m'y oppose !

Les mots résonnèrent dans l'église. Inattendus. Sacrilèges.

Emma Dunnett tourna un visage surpris et inquiet vers son futur époux tandis qu'un silence de plomb s'abattait sur l'assemblée et que des têtes pivotaient pour tenter d'apercevoir le perturbateur.

Will avait l'air aussi surpris qu'elle. Sourcils froncés, il balaya le fond de l'église d'un regard incertain, à la recherche du mystérieux trouble-fête.

— Vous... vous y opposez ? bredouilla le prêtre qui nageait lui aussi en pleine confusion – et il y avait de quoi.

Personne ne répondait jamais à la question : « Si quelqu'un a une raison de s'opposer à cette union, qu'il parle maintenant ou se taise à jamais. » Ce n'était qu'une question rhétorique. En temps normal, rien ne se passait. Une courte pause de l'officiant, le silence, un sourire et les mariés prononçaient leurs vœux. Point final.

— Oui ! confirma la voix venue du fond de l'église, forte et assurée, teintée d'un léger accent qui fit tressaillir Emma.

Cette voix...

— Ce mariage ne peut avoir lieu.

Déconcerté, le prêtre scruta les bancs occupés par une poignée d'invités seulement – la famille et quelques amis de Will qui s'étaient tous montrés perplexes en apprenant sa décision d'épouser une femme rencontrée à peine un mois plus tôt. À présent, ils avaient l'air plus que perplexes, constata Emma. Quant à la mère de Will, elle affichait un visage de pierre, le regard noir, chargé d'un mépris qu'elle ne cherchait pas à dissimuler. Elle était contre le mariage de son fils unique avec une femme qu'elle considérait comme une profiteuse sans scrupule.

D'une certaine façon, elle n'avait pas tort. Emma épousait Will parce qu'elle recherchait la sécurité. Mais il était au courant et ils avaient noué une véritable amitié – une bonne base de départ pour un mariage heureux, espérait-elle. Et pour former une famille.

Du coin de l'œil, elle vit les lèvres de sa future belle-mère se tordre en une sorte de rictus satisfait. Était-ce une manigance de sa part pour extirper son fils des griffes de la soi-disant mangeuse d'hommes ?

À cette pensée, Emma sentit enfler dans sa gorge un rire nerveux. Elle n'avait jamais embrassé Will. Ils éprouvaient l'un pour l'autre de l'affection, mais pas de désir charnel. Alors, se retrouver cataloguée dans le rôle de séductrice était tout simplement grotesque. Naturellement, la mère de Will ne pouvait croire à une relation platonique entre eux, d'autant qu'Emma était enceinte d'un peu plus de trois mois... d'un autre homme.

Mais ce n'était pas le moment de pouffer. La situation était suffisamment compliquée comme ça sans aggraver son cas par un accès d'hilarité, même si le rire était son moyen de défense. Rire au lieu de pleurer. Mais pas aujourd'hui... Pas quand sa vie était à nouveau sur le point de dérailler.

— Qui êtes-vous ? lança Will à l'intrus toujours invisible.

Emma tenta de lui adresser un sourire rassurant, alors même qu'elle sentait la sécurité, cette discrète promesse de bonheur tant espérée lui filer entre les doigts. Comme toujours... Exactement comme la fois où elle avait fini par s'attacher à sa famille d'accueil. Ou la fois où elle avait décroché un emploi convenable. Ou encore la fois où elle avait réussi à économiser un peu. Chaque fois, la vie lui avait asséné une gifle. Elle avait l'habitude. Elle était devenue experte dans l'art délicat d'encaisser les coups, de se relever et de repartir de zéro. Au lieu de pleurer sur ce qu'elle avait perdu, elle s'appuyait sur ce qui lui restait : elle-même. Et maintenant, plus que jamais, elle ne devait compter que sur elle-même. Parce qu'elle avait une nouvelle vie à protéger. Un tout petit être, infiniment précieux.

Instinctivement, elle posa une main sur son ventre en entendant des pas s'approcher.

— Monsieur ! intervint le prêtre en plissant les yeux pour mieux voir la haute silhouette qui remontait l'allée centrale vers la nef d'un pas résolu qui claquait sur le sol de pierre et résonnait en écho dans le cœur d'Emma. Pour quelle raison vous opposez-vous à ce mariage ?

— Pour une raison simple...

La voix était toute proche à présent. Un frisson traversa Emma, tel un doigt glacé glissant le long de sa colonne vertébrale. Elle connaissait cette voix. C'était celle qui hantait ses rêves quand elle se réveillait entortillée dans le désordre des draps, haletante de désir, d'espoir et de chagrin – une voix dure qui pouvait se faire douce comme le velours, une voix pleine d'assurance et de rire parfois, une voix qui évoquait tant de souvenirs, et tant de regrets aussi. Une voix qu'elle n'avait pas imaginé entendre à nouveau, parce que c'était celle d'un homme mort.

— Emma Dunnett est mon épouse.

Nico Santini tourna son regard vert étincelant vers Emma, soudain pétrifiée telle une statue de pierre. Son bouquet de roses lui tomba des mains. Les pétales s'éparpillèrent sur les dalles, diffusant leur parfum entêtant. Prise de nausées, elle se mit à trembler.

— Nico... Comment... ?

Sa bouche était trop sèche, son cœur battait trop vite, trop fort, pour pouvoir achever la question. Comment pouvait-il être ici ? Il était mort ! Mort dans un accident d'avion trois mois plus tôt, une semaine à peine après leur mariage éclair.

Les pensées se bousculaient sous son crâne.

La dernière fois qu'elle l'avait vu, c'était à Rome, le matin de son départ pour les Maldives. Vingt-quatre heures après, il avait été porté disparu dans un accident d'avion en plein océan Indien au large du complexe hôtelier dont il supervisait la construction pour Santini Enterprises. Il y avait eu un enterrement – plus exactement, un service funèbre car le corps n'avait pas été retrouvé. Aussitôt après, les Santini l'avaient carrément mise à la porte, selon, semblait-il, la volonté de Nico juste avant sa disparition. Et maintenant qu'elle s'apprêtait à épouser un autre homme, il était ici... à Los Angeles.

Saisie d'un vertige, Emma inspira une goulée d'air pour tenter d'endiguer le flot d'émotions contradictoires : incrédulité, soulagement, impuissance et, par-dessus tout, une panique rampante. Elle ne connaissait pas vraiment Nico Santini. Elle n'avait pas eu le temps. Elle l'avait épousé dans un élan d'espoir et de joie, mais à présent... elle ne voulait pas de lui *ici*, revenu d'entre les morts, l'air fou de rage.

Elle eut soudain une conscience aiguë de sa robe de mariée jaune pâle, des roses éparses à ses pieds, du léger voile de dentelle dissimulant sa chevelure, du silence de plomb autour d'elle, de Will qu'elle s'apprêtait à épouser jusqu'à cette soudaine réapparition de l'époux *disparu*. Un époux dont elle n'osait affronter le regard orageux.

Elle ne savait comment réagir. La panique comprimait

son cerveau. Nico était vivant. Nico, son *mari*. Ils avaient vécu ensemble quatre petites semaines seulement. Quatre petites semaines pendant lesquelles elle s'était attendue à ce qu'il finisse par se lasser d'elle comme l'avaient fait tous ceux dont elle avait traversé la vie – sa propre mère, chaque famille d'accueil... Tout le monde avait fini par la rejeter. Pourquoi Nico aurait-il agi différemment ?

— Emma ?

La voix de Will, douce et hésitante, la ramena sur terre. Elle se tourna vers lui et vit l'expression blessée sur son visage.

— Je... je suis désolée... je vais t'expliquer, bredouilla-t-elle, la gorge sèche, le cœur battant d'appréhension.

Du coin de l'œil, elle entrevit la mère de Will, rouge de colère, se pencher vers une parente sur sa gauche.

— Emma, que se passe-t-il ? questionna-t-il, un ton plus haut. Qui est cet homme ? Tu le connais ? Il dit vrai ?

— Bien sûr qu'elle me connaît, intervint Nico, glacial. Et, oui, je suis son époux.

Son regard passa de Will à Emma, la crucifiant sur place. Un regard vert fascinant qu'elle avait connu souriant et empli de désir. Mais à présent ses yeux étaient comme deux éclats de jade, étincelants, acérés, durs et froids.

— Emma ? répéta Will, l'air interdit.

Le prêtre toussota, visiblement mal à l'aise. Emma sentait le regard de Nico rivé sur elle, inflexible, méprisant. C'était horrible et terrifiant. Il semblait la haïr, et peut-être la haïssait-il vraiment. Sans doute ne la supportait-il déjà plus avant de partir aux Maldives.

« Nico en a déjà marre de toi, Emma. Il me l'a dit. Alors, plus tôt tu partiras, mieux ce sera. »

Elle n'avait pas discuté. Elle était partie.

Après toute une vie passée à être ballottée d'un endroit à l'autre comme un vulgaire paquet, elle savait quand il était temps de s'éclipser. Elle savait quand on ne voulait plus d'elle. Elle avait appris à reconnaître les signes précurseurs du rejet – la lueur d'impatience dans les yeux, le pincement des lèvres, les silences pesants et les regards qui en disent long. Parfois, elle n'avait même pas besoin de les repérer ; ils lui explosaient en pleine figure.

« Adopter Emma ? Il n'en est pas question. »

L'incrédulité dans la voix de sa dernière mère d'accueil résonnait encore douloureusement aux oreilles d'Emma. Oui, elle savait ce que c'était que d'être rejetée.

Elle ouvrit la bouche. La referma, incapable de proférer un son.

Will laissa échapper un soupir désemparé, et à l'expression méprisante sur le visage de Nico se mêla l'arrogante satisfaction de celui qui se sait maître de la situation. Au cours de leur brève relation, Emma ne s'était jamais fait d'illusions. Celui qui menait la danse, c'était Nico. C'était lui qui avait fixé les règles de leur aventure. « Quelques jours à New York, puis je t'emmène à Rome. Rien de sérieux entre nous, bien sûr. Uniquement du plaisir, le temps que ça durera. » Pourtant, une semaine après, il la demandait en mariage. Et faisant fi de toutes ses règles de prudence, elle avait accepté parce qu'elle avait voulu vivre un conte de fées, même éphémère.

— Je..., marmonna-t-elle, incapable de poursuivre.

Elle était glacée, sous le choc et terrifiée. La tête, soudain, lui tournait. Et tandis qu'elle regardait fixement Nico, debout face à elle, la dominant de toute sa taille, tel un ange exterminateur, sa vision se brouilla et un étrange goût métallique envahit sa bouche.

— Je...

Elle semblait incapable d'aller au-delà de ce premier mot. Elle entendit un murmure parcourir l'assemblée. Sa vue s'obscurcit sur les bords comme si elle observait le monde à travers un télescope. Will continuait de la dévisager avec cette expression blessée et inquiète de chien battu.

Elle tenta une fois plus de parler, mais des points noirs dansaient devant ses yeux et l'image de Nico devenait de plus en plus petite, se réduisant à une tête d'épingle au centre de son champ de vision. Si seulement il pouvait disparaître pour de vrai...

— Emma ! cria Will en tendant une main vers elle, mais trop tard.

La dernière chose qu'elle vit avant de tomber, ce fut le beau visage de Nico Santini et le sombre éclat de ses yeux verts pleins de rage.

Un moyen comme un autre pour son épouse volage d'échapper à une situation délicate. Réprimant sa colère, Nico s'avança vers le corps inanimé d'Emma que son fiancé du jour regardait avec de grands yeux effarés, en agitant inutilement les mains.

— Écartez-vous, ordonna-t-il en se penchant sur Emma.

Il perçut le parfum des roses tombées au sol et celui de son épouse. Une senteur unique dont il se souvenait et dans laquelle il s'était noyé. Un jour, il lui avait demandé quel était son parfum. « Celui de mon savon, plus connu sous la marque Eau de magasin tout à un dollar », avait-elle répondu pince-sans-rire, l'œil malicieux. Nico l'avait alors prise dans ses bras en riant et s'était enivré de son odeur, de sa fraîcheur, de leur bonheur.

Quel imbécile !

— Monsieur..., hasarda Will.

Nico le fit taire d'un regard incendiaire.

— Cette comédie est terminée. Emma *Santini* est ma femme. Je prends le relais.

Il souleva son corps souple et frêle, toujours inanimé. Elle était légère comme une plume, peut-être même plus qu'avant. Une couronne de roses retenait le voile sur sa chevelure dorée et elle portait une simple robe jaune pâle. Au moins avait-elle eu la décence de ne pas opter pour le blanc virginal, se dit-il, sarcastique.

Comment avait-elle pu le trahir de cette façon ?

Il n'aurait pas dû être aussi surpris. La trahison, il connaissait. C'était une tradition familiale – la liaison adultère de sa mère, la froideur de son père et toutes ces années de mensonge concernant qui il était... et qui il n'était pas.

Le prêtre qui avait retrouvé l'usage de ses jambes lui fit signe de le suivre vers la sacristie au fond de la nef. Nico y déposa Emma sur un canapé avachi.

— Monsieur, bredouilla le prêtre. Vous ne pouvez pas...

— Nous serons partis d'ici quelques minutes, l'interrompit Nico. Le temps que mon épouse reprenne conscience. Pouvez-vous faire porter ses affaires hors de l'église ? Mon chauffeur va les récupérer.

Sa voiture attendait à l'extérieur et il ne tenait pas à s'éterniser ici plus que nécessaire.

— Laissez-nous seuls un instant, s'il vous plaît, dit-il d'un ton qui n'admettait pas la contradiction.

L'air outré, le prêtre s'empressa cependant de sortir.

Avant que la porte ne se referme, Nico perçut un brouhaha de voix étouffées et de bruits de pas. Les invités partaient. Parfait.

Baissant les yeux sur son épouse toujours inconsciente en apparence, il espéra qu'elle ne s'était pas blessée dans sa chute. Mais Emma était manifestement une femme habituée à retomber sur ses pieds. Il venait d'en avoir la preuve.

Il vit ses paupières papillonner et s'ouvrir brièvement sur son regard d'ambre avant de se refermer.

Elle était toujours aussi belle. Plus belle encore que dans son souvenir. Et Dieu sait qu'il en avait passé des mois à se souvenir d'Emma, des mois sur un lit d'hôpital à essayer de se souvenir de son propre nom, alors que le visage de son épouse semblait être la seule image que sa mémoire n'avait pas effacée. Un visage qu'il avait maintenant sous les yeux – en forme de cœur, le teint pâle, le nez légèrement retroussé, parsemé de taches de rousseur, les lèvres roses et pleines, et les paupières closes, frangées de longs cils dorés qui frémissaient.

— Ouvre les yeux, Emma. Je sais que tu m'entends.

Ses paupières se fermèrent encore davantage. Nico laissa échapper un soupir qui aurait pu être un rire s'il n'avait pas été aussi furieux.

— Emma.

Elle prit une inspiration tremblante tout en gardant les yeux résolument fermés.

— Je ne veux pas les ouvrir, marmonna-t-elle.

— Évidemment, tu préférerais que je disparaisse, commenta Nico d'une voix dure. Ça ne m'étonne pas.

Emma entrouvrit un œil.

— Ça ne t'étonne pas ?

— Non. Pourquoi en serait-il autrement, compte tenu de la rapidité avec laquelle tu m'as rayé de ta vie ? Deux mariages en trois mois, c'est un record.

— Trois mois et demi, rectifia-t-elle machinalement.

Cette fois, Nico ne put réprimer un petit rire sec et sans joie. Emma se montrait sous son vrai jour. Comment avait-il pu se tromper à ce point ? Il s'était fait piéger parce qu'il s'était laissé faire. Parce qu'après le choc provoqué par les révélations de sa mère sur sa naissance et la réaction de son père, il avait eu besoin de se sentir important pour quelqu'un, besoin de se sentir aimé. Mais cela ne se reproduirait plus. Plus jamais. Il savait désormais qu'il était inutile de chercher l'amour, ni même de croire qu'il puisse exister.

— D'accord, trois mois et demi entre les deux mariages...

deux petites semaines de plus qui font *toute* la différence, bien entendu.

Le sarcasme fit mouche. Cette fois, Emma ouvrit grand les yeux et le dévisagea avec appréhension.

— Comment se fait-il que tu sois en vie ?
— Cache ta joie.

Toujours ce ton sarcastique. Emma ne releva pas.

— Si je suis en vie, c'est bien évidemment parce que j'ai survécu à l'accident d'avion, se força à ironiser Nico pour ne pas s'attarder sur ce qui était l'évidence même – Emma ne l'avait pas aimé.

Lui, si pragmatique et déterminé, il s'était laissé abuser dans un rare moment de faiblesse. Il n'avait été pour Emma qu'un compte en banque bien garni. Son cousin, Antonio, l'avait pourtant mis en garde dès le départ, quand il lui avait annoncé son mariage-surprise avec une fille rencontrée trois semaines plus tôt. Mais il avait fait la sourde oreille, persuadé que son cousin réagissait ainsi par pure jalousie. Leur relation s'était en effet tendue quand Nico avait été nommé aux commandes de Santini Enterprises, et plus encore quand Antonio avait appris que le sang des Santini ne coulait pas dans les veines de Nico et que ce poste de P-DG aurait dû lui revenir en tant qu'héritier légitime.

Emma le regardait à présent avec un mélange de stupeur et de consternation. Il était clair qu'elle ne sautait pas de joie à l'idée de reprendre une vie maritale avec lui. Cette perspective ne lui plaisait pas non plus. Pour autant, il n'était pas prêt à laisser son épouse devenir bigame.

— Où étais-tu ces trois derniers mois ? questionna-t-elle d'une voix étranglée.

Étendue sur le canapé, sa chevelure dorée ceinte d'une couronne de roses, elle ressemblait à la Belle au bois dormant avec son corps frêle et gracieux dont il avait exploré chaque courbe, chaque creux, se souvint Nico. Un corps qu'il avait fait sien.

Il serra les poings pour résister à la tentation de la toucher.

— Tu veux dire pendant ces trois derniers mois *et demi*, lui rappela-t-il d'une voix aussi tranchante qu'une lame de rasoir. Après le crash dans l'océan, j'ai été secouru par un bateau de pêche et transporté à l'hôpital d'une île voisine. Ensuite, j'ai été transféré dans un centre de rééducation à Djakarta, avant de rentrer à Rome, la semaine dernière. D'autres questions ?

— Pourquoi ne m'as-tu pas prévenue que tu étais en vie ?

Emma avait haussé le ton, et son regard d'ambre soudain étincelant lui rappela ce qui l'avait fait craquer pour elle. Sa vivacité, sa nature directe, son esprit, les étincelles dorées dans ses yeux et la courbe de ses lèvres l'avaient charmé. Bien sûr, tout n'avait été que pure comédie de la part d'Emma. Il s'était amouraché d'une parfaite inconnue. La réalité lui sautait aux yeux seulement maintenant.

— Parce que j'étais dans le coma, expliqua-t-il sèchement. Quand je me suis réveillé, je ne me souvenais même plus de mon nom. Je n'avais aucun papier d'identité, aucun moyen de savoir qui j'étais. Tout avait disparu dans l'accident.

Dans sa voix perçait une douleur qu'il s'efforçait de dissimuler. Ces mois avaient été atroces, mais au milieu de toute cette souffrance physique et psychique, son seul souvenir, son unique point d'ancrage, la seule image de son passé, c'était Emma. Aujourd'hui, il aurait presque souhaité qu'elle ait été elle aussi effacée de sa mémoire.

Emma se redressa brusquement sur le canapé.

— Tu étais dans le coma ?

— C'est un peu tard pour t'en inquiéter.

Elle le regarda, bouche bée.

— Tu ne peux tout de même pas me reprocher de ne pas avoir su…

— Si, je peux, martela-t-il d'une voix pleine de rage contenue. Je peux te reprocher d'avoir accepté d'épouser le premier gars qui te l'a demandé, trois mois seulement après moi.

Il glissa un coup d'œil vers la porte donnant sur l'église à présent désertée.

— Un gars pas terrible, soit dit en passant. Tu aurais pu trouver mieux.

— Tu n'as pas à insulter Will. Ni à lui reprocher quoi que ce soit. Il ne t'a rien fait.

Exact. C'était irrationnel, mais Nico lui en voulait tout de même.

— Je ne lui reproche rien, dit-il, forçant un sourire sur ses lèvres tandis qu'il s'approchait d'Emma et la regardait se recroqueviller contre les coussins fanés du canapé.

Faisait-elle semblant d'avoir peur pour susciter sa pitié ? Jouer la demoiselle en détresse était un rôle qu'elle maîtrisait à merveille, mais cette fois, ça ne marcherait pas.

— Ce n'est pas à ce pauvre Will que j'en veux, dit-il avec une douceur amère et dangereuse. C'est à toi !

2

Emma voyait la fureur incendier le regard d'émeraude de son époux. Elle la ressentait dans tout son être. Elle la comprenait aussi. Mais cette moue sardonique sur ses lèvres lui donnait envie de se rouler en boule, de fermer à nouveau les yeux et de s'extraire de tout ce *gâchis*.

Leur mariage avait été une erreur. Et Nico en était certainement venu à la même conclusion, même s'il se complaisait dans une colère légitime. Oui, elle avait failli épouser un autre homme, trois mois seulement après leur propre mariage. Mais elle se croyait veuve ! Bien sûr, ce n'était pas une excuse aux yeux de Nico. Pour lui, c'était noir ou blanc, bien ou mal – contrairement à elle qui n'avait souvent eu d'autre choix que de négocier avec la réalité pour survivre tout simplement. Elle qui avait appris à ne pas croire au bonheur, même si elle avait osé imaginer, très brièvement, que ce serait possible avec Nico.

À présent, elle savait avec certitude que leur mariage n'aurait pas duré.

— Emma ? reprit-il, doucereux. Tu peux m'expliquer pourquoi tu as décidé d'épouser un autre homme si peu de temps après moi ?

— Parce qu'il le fallait.

Elle croisa les bras et détourna les yeux.

Tant mieux, s'il était en colère. Il était ainsi plus facile de ne pas se souvenir combien il avait été tendre et attentionné à son égard, au point de percer les remparts qu'elle avait si laborieusement érigés autour de son cœur, pierre après pierre.

Ne fais confiance à personne. N'ouvre ton cœur à personne. Ne laisse personne s'approcher. Aimer, c'est souffrir. Les gens finissent toujours par te rejeter. Si tu t'attaches, la chute est encore plus dure.

Heureusement, elle n'avait pas eu le temps de s'attacher à Nico. Pas trop. Il avait été déclaré mort avant d'avoir totalement abattu ses défenses. Et pendant ces trois mois et demi, elle avait eu de bonnes raisons de les reconstruire. Les Santini l'avaient traitée de façon odieuse et rien ne permettait de croire que Nico aurait agi différemment s'il n'y avait pas eu cet accident d'avion.

De toute façon, elle avait pour règle de ne jamais s'éterniser là où on ne voulait pas d'elle. Et, à en juger par son air hostile, Nico ne voulait plus d'elle.

Peut-être, mais il ne sait pas, pour l'enfant.

Emma musela sa conscience.

— Il le fallait, répéta Nico, sarcastique. Vraiment ?

Elle se força à relever les yeux sur lui.

Trois mois dans le coma ne l'avaient pas rendu moins séduisant. Une fine cicatrice zébrant sa joue gauche était la seule marque laissée par l'accident. Et cette marque altérant la perfection de son visage ne l'en rendait malheureusement que plus sexy. Sa chevelure d'un noir d'encre et ses yeux d'un vert étincelant n'aidaient pas non plus. Pas plus que son corps d'athlète. Trois mois dans un lit d'hôpital n'avaient visiblement pas affecté sa musculature. Nico Santini était l'incarnation même de la tentation et de la beauté faites homme. Et là tout de suite, Emma aurait préféré qu'il en soit autrement.

— Oui, vraiment, répliqua-t-elle avec un petit haussement d'épaules, comme si c'était sans importance, comme si son cœur ne cognait pas à tout rompre contre ses côtes.

Nico ne pouvait pas comprendre ce besoin de stabilité, de sécurité, d'un toit sur la tête. Il ne croirait jamais qu'elle ait pu éprouver une véritable amitié pour Will et qu'elle ne l'avait pas mené en bateau.

— Tu avais été déclaré mort, Nico. Je n'ai pas à me justifier et tu n'as pas le droit de m'en vouloir.

— Pas le droit !

Face à son air outragé, Emma plissa les yeux.

— Oui, Nico. Nous nous connaissions à peine et nous n'avions été mariés qu'une semaine. Selon toi, combien de temps aurais-je dû jouer les veuves éplorées ?

— Plus longtemps que tu ne l'as fait, cracha-t-il, avant de se détourner.

Emma ne se faisait guère d'illusion. Il était uniquement blessé dans son orgueil. Il l'avait désirée, mais il ne l'avait pas aimée. Au fond d'elle, elle l'avait toujours su. Nico avait joué les amoureux attentionnés l'espace de quelques semaines, mais cela n'aurait pas duré. Quand il avait disparu, les Santini lui avaient révélé le vrai visage de son époux.

— Tu n'as aucune excuse, déclara-t-il en se tournant de nouveau vers elle, les bras croisés, l'air menaçant.

— Je n'ai pas à m'excuser.

Emma le fixa droit dans les yeux tout en croisant les bras elle aussi, essentiellement pour cacher le léger renflement de son ventre, car il était clair qu'il n'avait toujours pas réalisé qu'elle était enceinte. Et quand il comprendrait, elle redoutait sa réaction.

Il n'avait certainement pas envie de rester marié avec elle, mais elle ne le laisserait pas lui enlever son enfant. Plutôt mourir ! Alors, pas question de lui révéler la vérité tant qu'elle ne saurait pas ce qu'il avait en tête. Tant qu'elle ne serait pas certaine de pouvoir lui faire confiance.

Plongeant dans son regard vert étincelant de colère, elle se souvint y avoir lu, au tout début de leur rencontre, une lueur qui ressemblait à de l'amour. Ce n'était pas de l'amour, bien sûr. Elle le savait, mais elle avait voulu y croire. Peut-être parce qu'elle n'en avait jamais reçu. Et elle réalisait maintenant à quel point c'était pathétique. D'autant que Nico lui avait clairement fait comprendre dès le début qu'il n'était pas question de sentiments entre eux.

Elle avait accepté cet état de fait, comme elle l'avait accepté toute sa vie. Il y avait forcément quelque chose en elle qui l'empêchait d'être aimée, si l'on s'en tenait à la réaction des familles d'accueil dans lesquelles elle avait été placée. Que ce soit par indifférence, par lassitude ou par cruauté délibérée, toutes avaient fini par la rejeter. Mais à présent... à présent, elle devait cesser de raisonner de cette façon, parce qu'elle avait quelqu'un à protéger. Un petit être dont le bonheur comptait bien plus que le sien.

Cinq mois plus tôt...

Elle avait enfin décroché un job de serveuse dans un bistrot italien de New York. C'était le genre d'endroit que les milliardaires ne fréquentent pas, mais Nico Santini était assis à une table au fond de la salle, un dossier sous les yeux, un verre de chianti à la main.

Emma s'approcha, fascinée par le visage de cet homme aux traits parfaitement ciselés. Il lisait les papiers étalés devant lui, l'air concentré, totalement inconscient de sa présence, bien sûr – jusqu'à ce que, stupidement troublée, elle trébuche et renverse une pleine assiette de spaghettis bolognaise sur ses genoux.

Surpris, il bondit sur ses pieds et, ce faisant, renversa son verre de vin qui se répandit sur le dossier qu'il étudiait.

Un désastre !

Et parce que c'était horrible et qu'elle allait s'attirer les foudres du patron, Emma fut prise d'une irrépressible envie de rire. C'était son principal défaut, un mécanisme de défense, un moyen de ne pas se laisser blesser par la cruauté ordinaire des gens, ou parfois pire, par leur pitié. Et voir cet homme beau comme un dieu, le pantalon couvert de spaghettis, était tout à la fois dramatique et drôle. Entendant son gloussement, il tourna vers elle un regard incrédule et furieux, avant qu'elle ne plaque une main sur sa bouche.

Ce n'était pas le moment de rire, se sermonna-t-elle. Pas quand un client aussi séduisant et manifestement important voyait son dîner, son dossier et son costume gâchés par sa faute. D'autant qu'elle était bien placée pour savoir que la plupart des êtres humains prenaient un malin plaisir à blâmer plus faible qu'eux pour trois fois rien. Alors là, bien sûr, elle avait décroché le pompon.

— Je suis désolée, dit-elle, essayant d'adopter un ton contrit alors même qu'un nouveau gloussement s'échappait entre ses doigts.

Nico la dévisagea durant de longues secondes – une éternité – et, pour la première fois, elle fut frappée par ses yeux semblables à des rayons laser et par sa beauté. *Sculpturale* fut le premier mot qui lui vint à l'esprit. Mais Nico n'avait rien d'une statue de marbre froide et sans vie. Il était au contraire bien vivant, brûlant de colère et, oui, merveilleusement beau. Il avait des cils incroyablement longs et épais. Quelle injustice ! Un homme n'aurait jamais dû avoir des cils pareils.

— Ça vous fait rire ? questionna-t-il d'une voix basse, teintée d'un léger accent, tandis qu'elle s'efforçait de ne plus penser à ses cils et secouait la tête, la main toujours plaquée sur sa bouche.

— Non..., réussit-elle à proférer de façon peu convaincante.

Nico n'eut pas le temps de répliquer, car le propriétaire du restaurant, Tony, déboulait déjà sur eux, la mine furax.

— *Signor* Santini, je suis terriblement désolé ! Cette idiote est virée ! Sur-le-champ !

Tony, qui avait été plutôt sympa avec Emma jusqu'à présent, la fusilla du regard.

— Va chercher tes affaires. Je ne veux plus te voir. Tu pars immédiatement.

— C'était un accident, tenta-t-elle de protester sans grande conviction.

Sans doute méritait-elle d'être virée, mais c'était un coup dur. Dans la jungle new-yorkaise, il n'était pas facile de trouver un job sans la recommandation du précédent employeur.

— D'accord, je m'en vais. Mais vous me devez une semaine de salaire.

— Quel culot ! s'exclama Tony. Me réclamer une semaine de salaire, alors que tu viens de gâcher le dîner de mon client !

Tremblant intérieurement, Emma se força à ne pas baisser les yeux.

— Je suis sincèrement navrée de ce qui s'est passé, dit-elle en tentant de dissimuler le trémolo dans sa voix. J'ai cependant travaillé ici toute la semaine. J'ai gagné cet argent.

Elle en avait surtout terriblement besoin. Elle vivait au jour le jour, d'une paie à l'autre. Elle avait tout au plus dix dollars en poche.

— Ce que je te dois remboursera le *signor* Santini pour les frais de nettoyage de son costume, décréta froidement Tony.

— Ce ne sera pas nécessaire, intervint Nico Santini en se tournant vers Emma, l'air magnanime, comme s'il lui faisait une fleur. J'imagine que votre salaire couvrirait à peine la note du pressing.

Quel gentleman ! railla mentalement Emma. *C'est si généreux de sa part.*

Son costume devait en effet coûter des centaines, si ce n'est des milliers de dollars. Son prix, ni celui de son nettoyage n'entraient bien sûr dans son maigre budget de serveuse. Ce gars-là ne se demandait pas comment il allait payer son loyer de la semaine ou s'il aurait de quoi se nourrir le lendemain. Il fallait vivre sur le fil du rasoir pour comprendre ce qu'était la précarité, cette menace quotidienne de voir sa vie s'écrouler à tout instant.

— C'est bon, je pars. Gardez votre argent, lança-t-elle à Tony, parce qu'elle n'avait pas le choix et que, même dans les moments les plus désespérés, elle n'avait jamais supplié personne.

Et tandis que Tony écumait et que le *signor* Santini la fixait, étonné sans doute qu'elle ne se pâme pas de gratitude, elle tourna les talons.

Les doigts tremblants, elle dénoua les cordons de son tablier et le jeta sur la pile de linge sale dans la cuisine. L'un des employés lui adressa un regard de sympathie.

— Sale coup, Em.

— Ce n'est pas grave, dit-elle en relevant le menton avec un petit sourire bravache.

Elle ne voulait pas de la pitié des autres. Elle se débrouillait seule depuis longtemps et n'attendait rien de personne.

Elle prit son manteau et quitta le restaurant sans un regard en arrière, sans même savoir où aller. Elle devait le loyer de la semaine pour une chambre minable et elle n'avait pas de quoi le payer. Elle pourrait récupérer ses affaires, mais le bailleur, un buveur de bière au regard lubrique et aux mains baladeuses, ne la laisserait pas dormir une nuit de plus dans la chambre avec un loyer impayé. À moins qu'elle ne le paie en *nature,* bien sûr. Ce qui était hors de question.

Elle regarda autour d'elle. Où allait-elle passer la nuit ? Dans un foyer pour sans-abri ? Dans la rue ? Elle ne connaissait personne à New York. Il y avait seulement trois semaines qu'elle avait débarqué dans la gigantesque mégalopole, avec pour unique préoccupation de survivre au jour le jour, comme d'habitude. Un soupir lui échappa tandis qu'elle avançait un pied après l'autre, sans savoir où aller.

Elle avait parcouru la moitié de la rue quand le *signor* Santini la rattrapa.

— Excusez-moi, mademoiselle.

Elle tourna vers lui un regard méfiant. Avait-il changé d'avis concernant son costume ? Voulait-il qu'elle lui paie le nettoyage ? À moins qu'il n'attende lui aussi un dédommagement en nature.

— Je crois que vous avez été traitée de façon injuste, dit-il, la prenant au dépourvu. Ce n'était qu'un accident, après tout.

— Vous *croyez* ? releva Emma avec un sourire insolent, incapable de tenir sa langue.

Il haussa les sourcils et elle sentit son courage la déserter. Il venait s'excuser et elle ne trouvait rien de mieux que de le narguer – un défaut supplémentaire à ajouter à son penchant pour la dérision. Là aussi, un moyen comme un autre de lutter quand on n'a pas d'armes.

— C'était un accident, en effet. Et je suis vraiment désolée, s'empressa-t-elle de temporiser. J'espère que votre pantalon n'est pas fichu et que les papiers n'étaient pas trop, euh... importants.

— C'était un contrat crucial. Il devait être signé aujourd'hui.
— Oh.

Emma fit la grimace.

— Mais je me disais justement qu'il me faudrait un peu plus de temps pour y réfléchir, reprit le *signor* Santini. Grâce à vous, je l'ai.

Il haussa de nouveau les sourcils. Son sourire s'élargit, révélant une fossette à la commissure de ses lèvres. Soudain, cet homme si séduisant, si puissant et merveilleusement beau, eut l'air accessible. Gentil, même. Et la carapace de glace autour du cœur d'Emma se mit à fondre.

C'est à cet instant qu'elle aurait dû tourner le dos à Nico Santini et se sauver à toutes jambes pour protéger son cœur et sa raison. Mais il l'avait invitée à dîner et elle avait accepté. Parce qu'elle mourait de faim et qu'elle n'avait nulle part où aller. Et parce qu'il la fascinait.

Le dîner s'était transformé en soirée, puis en week-end, puis en liaison. Une liaison qu'elle s'attendait à voir se terminer à tout moment quand Nico le déciderait.

Au lieu de ça, trois semaines après, ils étaient mariés.

Nico regardait Emma, sidéré et irrité au plus haut point qu'elle soit à ce point dépourvue de remords. Il n'y avait pas une once de culpabilité dans ses prunelles pailletées d'or. Elle avait néanmoins l'air fatiguée. Et elle était pâle – trop pâle. Il y avait aussi les ombres violettes sous ses yeux, la crispation de sa bouche, ses joues creuses et la maigreur inquiétante de ses bras. Ce n'était pas l'Emma dont il se souvenait. Celle qui lui avait offert un sourire ensommeillé quand il s'était penché sur elle pour un dernier baiser. « Je reviens vite », avait-il soufflé contre ses lèvres.

Ils venaient de passer un moment très agréable au lit. Agréable, le mot était faible. Explosif, plutôt. Dès qu'il caressait Emma, la tête lui tournait, son cœur s'affolait et son corps était électrisé. Cette magie des sens entre eux l'avait stupéfié, excité et terrifié tout à la fois, parce qu'il n'avait jamais éprouvé de telles sensations. Il n'avait jamais été amoureux et il s'était demandé si ce qu'il ressentait pour Emma était de l'amour. Il avait presque réussi à s'en persuader, idiot qu'il était.

— Bon, tu ne peux pas ou tu ne veux pas m'expliquer

pourquoi tu as décidé d'épouser un autre homme à peine trois mois après...

— Trois mois et demi, l'interrompit-elle avec ce petit sourire insolent dont il se souvenait, le soir de leur rencontre.

C'était le même qu'il avait aperçu sur ses lèvres avant qu'elle n'éclate de rire après avoir renversé l'assiette de spaghettis sur ses genoux – avait-elle planifié à dessein ce moyen peu orthodoxe de provoquer une rencontre avec un client plein aux as ? Comment aurait-elle pu se douter qu'il tomberait sous le charme de sa nature si directe ? Alors même qu'il découvrait que sa vie n'avait été que mensonges, il avait été attiré par la franchise sans fard d'Emma, sa volonté de prendre les choses comme elles venaient et d'en rire. Contrairement à lui qui se pliait depuis toujours aux contraintes du devoir familial, une charge qui lui pesait encore plus depuis qu'il avait découvert la supercherie à l'origine de ce poids sur ses épaules.

Il s'était finalement trompé sur Emma. Par faiblesse et par naïveté. Et c'était sans doute le plus dur à encaisser, car il se croyait plus solide et plus malin que ça.

— Trois mois et demi, acquiesça-t-il platement. Merci de me le rappeler.

— De rien.

Nico grinça des dents, horripilé par l'impudence de son épouse. Même en situation délicate, étendue sur ce canapé, l'air épuisée, elle trouvait le moyen de faire de l'esprit. C'était ce qui l'avait attiré chez elle, mais à présent il la voulait humble et contrite, *suppliant* de lui pardonner.

— J'aurais pensé que tu manifesterais un peu plus de remords, dit-il entre ses dents.

— Pourquoi ? Tu étais déclaré mort. J'étais libre de me remarier.

— Avec une hâte indécente.

— Ah oui ? Selon qui ? La notion de temps est très personnelle.

Nico la dévisagea, sidéré qu'elle persiste à le provoquer. Mais quelque chose clochait. Ce n'était pas la réaction attendue d'une femme vénale qui l'aurait épousé uniquement pour l'argent, comme l'affirmait Antonio.

« Après le service funèbre, elle a tendu la main avant même que j'aie terminé de signer le chèque. »

C'étaient les paroles exactes de son cousin. Malgré leurs dissensions, Nico l'avait cru. Et la précipitation d'Emma à se remarier avait achevé de le convaincre.

Mais si c'était une profiteuse sans scrupule, pourquoi n'était-elle pas à genoux devant lui, à supplier qu'il lui pardonne pour reprendre leur vie commune ? Après tout, on ne cherche pas à contrarier la poule aux œufs d'or quand elle fait une réapparition inattendue. On remercie le ciel, on fait profil bas et on fait de son mieux pour avoir l'air mortifié, de façon à récupérer tous ses jolis œufs. Or, Emma faisait tout le contraire. Était-ce son mode de défense alors qu'il l'avait surprise en flagrant délit, sur le point d'épouser un autre abruti ? Ou bien y avait-il une autre raison, une raison qu'il ne saisissait pas ?

— Quoi qu'il en soit, je ne suis pas mort, Emma. Par conséquent, légalement parlant, tu restes mon épouse.

Elle eut un mouvement de recul instinctif contre les coussins du canapé. Et face à la soudaine vulnérabilité dans son regard, Nico réalisa qu'il n'avait aucune envie de la voir se recroqueviller ou supplier.

— Je suppose que tu ne souhaites pas prolonger notre mariage, dit-elle d'une voix éraillée.

— Qu'est-ce qui te fait dire ça ?

Elle détourna les yeux.

— Eh bien... nous sommes mariés, mais nous ne nous connaissons pas vraiment. Nous n'avons vécu que quelques semaines ensemble et j'ai toujours pensé que tu finirais par regretter notre union.

Elle marqua une pause et se mordit les lèvres.

— S'il n'y avait pas eu cet accident d'avion…

Sa voix s'éteignit. Nico fit un pas vers elle.

— Je t'écoute, Emma. S'il n'y avait pas eu cet accident…

Elle haussa les épaules, toujours sans le regarder.

— Nous aurions fini par divorcer, tu ne crois pas ? Notre mariage était une erreur.

Nico la dévisagea, le regard brûlant.

— En effet, je m'en aperçois. Aujourd'hui.

C'était douloureux à dire, mais elle avait raison. Ils s'étaient mariés dans la précipitation, sans savoir grand-chose l'un sur l'autre, et peut-être aurait-il fini par regretter sa demande en mariage faite sur un coup de tête.

— Simple curiosité, je peux savoir pourquoi tu as accepté de m'épouser ?

Elle tourna de nouveau les yeux vers lui.

— Je voulais profiter de la vie, être heureuse, ne serait-ce qu'un court moment. C'était l'occasion ou jamais, alors, j'ai saisi ma chance, répondit-elle sans détour en relevant le menton. Mais tu ne peux pas comprendre.

Nico hocha la tête.

— Au moins les choses sont claires à présent, dit-il, les lèvres pincées en un sourire amer. Étant donné la nature réelle de notre relation, je pense que nous pouvons demander l'annulation de notre mariage. Sinon, nous entamerons une procédure de divorce.

Il avait dû faire un effort pour prononcer ces mots. Quel que soit son ressentiment à l'égard d'Emma, les vœux de mariage étaient importants pour lui. Plus que pour elle, manifestement.

Emma était blême, et dans son regard il crut voir une lueur blessée avant qu'elle ne hausse vaguement les épaules.

— Si c'est ce que tu veux.

Nico haussa un sourcil ironique.

— Ce n'est pas ce que *toi*, tu veux ? Parce qu'on ne peut pas dire que tu fasses beaucoup d'efforts pour me persuader de reprendre une vie de couple avec toi. Franchement, vu le montant de mon portefeuille, je me serais attendu à un accueil un peu plus chaleureux. Mon compte bancaire est certainement plus impressionnant que celui du gars qui vient de sortir d'ici. Au fait, quel est son nom ?

— Will Trent, répondit calmement Emma.

— Tu n'as pas trouvé mieux ?

Nico secoua la tête comme s'il était déçu.

— En tout cas, bravo, tu ne joues pas les veuves éplorées. Tu es suffisamment intelligente pour savoir qu'il est inutile de jouer cette comédie et tenter de me reconquérir.

— Mais je ne souhaite pas te reconquérir, Nico.

La sincérité qu'il lut sur le visage d'Emma lui fit l'effet d'un coup de poignard en plein cœur. Il se raidit, puis esquissa un sourire moqueur.

— Ça tombe bien, moi aussi, je ne veux plus de toi.

Emma laissa échapper un petit bruit qu'il présuma vouloir être un rire, mais qui ressemblait davantage à un sanglot.

— Dans ce cas, pourquoi es-tu venu jusqu'ici ?

— Il fallait que je voie de mes propres yeux celle que tu étais vraiment.

Il n'avait pas voulu croire son cousin. Il n'avait pas voulu croire qu'Emma n'était pas celle de son souvenir, celle qui avait occupé chaque instant de ces trois longs mois passés entre l'hôpital et le centre de rééducation.

— Eh bien, maintenant, tu as vu, fit-elle d'une voix lasse.

— En effet.

Pourtant, il n'arrivait pas à la quitter. Il restait planté là, comme si quelque chose l'empêchait de laisser Emma derrière lui. Exactement comme que la première fois, quand elle avait renversé le plat de spaghettis sur ses genoux et qu'elle s'était étranglée de rire, il avait beau être furieux contre elle, il éprouvait toujours cet élan de désir, cette même fascination.

— Nico ? murmura-t-elle.

Sans doute attendait-elle qu'il parte, mais il en était incapable. Ils étaient *mariés*. Et même si cette union avait eu lieu sur un coup de tête, les vœux qu'il avait prononcés avaient un sens pour lui. Ils étaient sincères.

Souhaitait-il véritablement mettre un terme à leur mariage aussi rapidement qu'il avait commencé ?

Et Emma... le souhaitait-elle ?

— Je réfléchis, dit-il lentement.

Emma prit soudain une inspiration saccadée, son visage pâlit encore davantage et elle plaqua une main sur sa bouche.

Nico fronça les sourcils.

— Ça ne va pas ?

— Pardon, souffla-t-elle en se levant précipitamment du canapé pour se ruer dans les toilettes adjacentes.

Deux secondes après, elle vomissait, pliée en deux au-dessus des W-C, les bras tremblants, les yeux embués de larmes à chaque spasme.

3

Elle avait espéré que les nausées supposées matinales étaient terminées, mais le répit avait été de courte durée. Exténuée, affaissée sur le sol comme une poupée de chiffon, le dos appuyé contre la faïence glaciale du mur, Emma ferma les yeux.

Nico l'avait forcément entendue vomir. Qu'allait-il se passer maintenant ? Elle était trop fatiguée pour y réfléchir.

Elle entendit le bruit de ses pas s'approcher, inspira son parfum, et les souvenirs l'étranglèrent. Leurs balades dans New York, main dans la main, leurs corps mêlés, leurs étreintes fulgurantes, sa crainte de croire au bonheur et l'espoir...

Un espoir qui n'existait plus.

— Tu as mal au cœur, observa Nico.

— Bien vu, Sherlock, marmonna-t-elle.

À bout de forces, elle posa le front sur ses genoux repliés contre sa poitrine.

— Tiens, dit-il en pressant un mouchoir en tissu dans sa main.

Emma se souvint l'avoir taquiné parce qu'il avait toujours un mouchoir en tissu dans sa poche. « *Qui es-tu ? Monsieur Darcy ?* » Il s'était contenté de sourire.

Lentement, elle redressa le buste et tamponna ses lèvres.

— Merci, marmonna-t-elle. Ça ira mieux dans quelques minutes.

Nico l'observa un moment sans rien dire, puis fronça les sourcils.

— C'est le choc de ma réapparition qui te rend malade ou bien une simple indigestion ?

Emma hésita, et cette maudite fraction de seconde suffit à allumer le doute dans le regard vert rivé sur elle.

— Emma ? insista doucement Nico tandis qu'elle pressait le mouchoir contre sa bouche pour gagner du temps.

Pouvait-elle prendre le risque de lui avouer la vérité ? Elle n'avait aucune idée de ce qu'il pourrait décider. Lui enlèverait-il son enfant de la même façon que les services sociaux l'avaient enlevée à sa propre mère ? À moins qu'il ne soit d'accord pour un mariage blanc, un mariage de convenance – il l'installerait sous un toit à l'écart et lui verserait une rente. Elle pourrait s'en arranger, du moment que son enfant restait avec elle. Mais ce n'était pas garanti. Nico pouvait très bien décider de la rayer définitivement de sa vie et garder le bébé. Il avait des relations haut placées et les moyens de se payer une armée d'avocats. Elle ne ferait pas le poids face à sa fortune et à son pouvoir.

D'un autre côté, il pourrait aussi décider de la laisser partir. Peut-être n'avait-il pas envie de s'embarrasser d'un gamin. Difficile de savoir. Elle ne le connaissait pas assez. Elle devait se montrer prudente. Le bonheur du petit être qu'elle portait était en jeu. Mais serait-elle capable de subvenir à ses besoins ?

Elle songea à Will. Il aurait fait un bon père. Il leur aurait offert un foyer. Il n'y avait rien de mal à vouloir se marier pour échapper à la précarité.

— Est-ce une indigestion, Emma ? insista Nico.

— Aide-moi à me relever, s'il te plaît. J'aimerais boire un peu d'eau avant de répondre à tes questions.

— Il n'est pourtant pas si difficile de répondre à celle-ci.

Il lui tendit la main.

— Par exemple, « Je suis un peu patraque » suffirait.

— Eh bien, oui, je suis un peu patraque, répliqua Emma.

C'était la vérité.

Elle prit la main de Nico et tressaillit au contact de ses doigts longs et fermes se refermant sur les siens pour la hisser sur ses pieds, lui rappelant de quelle façon ils avaient caressé chaque parcelle de son corps, intimement, tendrement, avec possessivité, avec passion, lui donnant tant de plaisir, tant d'amour...

Non, ce n'était pas de l'amour. N'y pense pas, Emma. Plus jamais.

Le souffle court, elle vacilla et se rétablit juste à temps pour ne pas basculer contre lui. Elle ne se faisait pas confiance quand il était si proche. Respirer son parfum suffisait à déclencher une vague de désir. Et de regrets.

— Patraque, répéta-t-il songeur en la regardant s'écarter.

Emma inspira lentement, prudemment. L'odeur de cire et de poussière, propre aux vieilles églises, lui retournait l'estomac. Elle avait besoin d'air frais. Et d'un peu de temps pour réfléchir à la meilleure façon de gérer cette situation.

— Pourrions-nous poursuivre cette discussion ailleurs... dans un lieu public ?

Elle s'y sentirait plus en sécurité et peut-être saurait-elle alors quoi faire.

— Bien sûr, ma voiture nous attend devant l'église, acquiesça Nico en lui prenant le coude pour la guider vers la sortie.

— Mais je ne veux pas monter dans ta voiture !

L'église était déserte. Seuls quelques pétales de rose au sol témoignaient qu'un mariage avait failli avoir lieu.

— Que proposes-tu ? rétorqua Nico sans s'arrêter pour autant, l'obligeant à avancer. Tu viens de dire que tu voulais un verre d'eau. Manger ne te fera pas de mal non plus. Mon chauffeur va nous conduire dans un endroit tranquille où nous pourrons boire, manger... Et discuter, bien sûr.

Discuter. Qu'allait-elle lui dire ? paniqua Emma, cherchant désespérément une échappatoire.

Ils sortirent sous un ciel empourpré par les derniers rayons du soleil. Une limousine aux vitres teintées stationnait devant le parvis. Le chauffeur ouvrit la portière arrière.

Comme Nico l'entraînait vers le véhicule, Emma planta ses talons aiguilles dans le trottoir et dégagea son bras.

— Tu ne peux pas me traîner de force dans cette voiture.

— Je ne te traîne nulle part de force. Je t'invite au restaurant pour que nous puissions parler.

— Parler de quoi ?

Emma perçut l'affolement dans sa voix et comprit que Nico l'avait perçu lui aussi.

— De tout un tas de choses, semble-t-il.

Sur ce, il lui reprit le coude pour la pousser vers la voiture sans lui laisser le loisir de protester davantage.

— Si *ça*, ce n'est pas traîner quelqu'un de force, râla Emma en rampant sur la banquette. Je ne sais pas ce que c'est. Ou plutôt si. C'est un enlèvement.

Nico ne put retenir un sourire.

— Je vois que tu n'as pas perdu ton sens de la repartie.

Emma n'aurait su dire si c'était un compliment... ou pas.

Elle lui plaisait toujours autant, admit Nico à contrecœur en la regardant se rencogner sur la banquette aussi loin de lui que possible, la tête ostensiblement tournée vers la fenêtre.

Elle l'amusait et l'horripilait tout autant. Paradoxalement, il était content qu'elle n'ait pas perdu sa vivacité, cette gouaille qui l'avait tant fait rire, il y avait, semblait-il, une éternité, alors qu'il y avait en réalité seulement trois mois.

Trois mois et *demi*, rectifia-t-il de lui-même. Il n'était pas près de l'oublier. Le temps pour Emma de passer dans les bras d'un autre homme pendant qu'il luttait pour se raccrocher à son image, son unique souvenir...

Inutile de ressasser le passé, se gifla-t-il mentalement. Il devait désormais se concentrer sur l'avenir et à la façon dont il allait traiter son épouse volage.

Il était venu à Los Angeles dans un esprit de vendetta et parce qu'il avait besoin de voir la véritable Emma de ses propres yeux. Il n'avait pas voulu croire Antonio quand celui-ci lui avait dit qu'elle avait quitté la Californie immédiatement après le service funèbre.

« Navré, Nico. Maintenant, tu sais à qui tu as affaire. Emma Dunnett n'est qu'une pauvre fille qui court après le fric. Une chance que les circonstances l'aient forcée à tomber le masque. Il aurait été désastreux pour Santini Enterprises que son P-DG ait une épouse aussi peu... recommandable. »

Et quand Antonio avait ajouté qu'il la faisait surveiller de près et qu'elle fréquentait déjà un autre homme, Nico avait dû faire appel à toute sa volonté pour dissimuler l'ampleur de son désarroi sous le regard inquisiteur et ouvertement narquois de son cousin.

Incapable de contrecarrer ce jugement accablant sur Emma, il avait sauté dans le premier vol à destination de Los Angeles pour constater sa duplicité de ses propres yeux. Et parce qu'elle était sa *femme*, il était hors de question de la laisser se jeter dans les bras d'un autre homme.

Mais lui-même, voulait-il encore d'elle pour épouse ? Le divorce ne lui plaisait pas. La vie maritale non plus, sachant maintenant quelle était la nature réelle des sentiments d'Emma à son égard. Bien que, songea-t-il, ce pourrait être un avantage. Pas d'hypocrisie, pas de fausses promesses... uniquement du désir. Car Emma le désirait toujours. Il avait senti son corps frémir quand il l'avait soulevée dans ses bras. Son propre corps avait lui aussi réagi avec violence. Ce genre d'attirance physique ne pouvait être rejetée d'emblée. C'était peut-être même mieux ainsi… pas d'amour fou, que du sexe. De toute façon, l'amour n'avait jamais vraiment fait partie de l'équation. Les désillusions lui avaient ôté l'envie de courir après ce sentiment factice.

— Où allons-nous ? questionna Emma en se détournant de la fenêtre pour lui décocher un regard noir.

— Un petit restaurant italien, répondit Nico.

Elle leva les yeux au ciel.

— Pfft ! J'aurais dû m'en douter.

Le soir où ils s'étaient rencontrés à New York, elle lui avait demandé pour quelle raison il avait choisi de dîner dans le bistrot d'où elle venait d'être renvoyée. Il lui avait dit que c'était l'un des rares endroits qui proposaient une cuisine italienne authentique et qu'il mettait un point d'honneur à dénicher dans chaque ville les meilleurs restaurants – pas les plus chics ou les plus chers, mais ceux qui offraient des plats traditionnels. Inclinant la tête sur le côté, Emma avait promené sur lui un regard songeur qui lui avait donné l'impression de grimper en flèche dans son estime. Et ça lui avait plu.

Quoi qu'il en soit, Felix Trattoria était le meilleur restaurant italien de Los Angeles. Et peu importe ce qu'Emma en pensait – ou pensait de lui. Désormais, il s'en fichait.

Le reste du trajet se déroula en silence.

Lorsqu'ils furent arrivés à destination, Nico prit la main d'Emma lorsqu'elle descendit de voiture et la conduisit vers la table qu'il avait réservée par texto. La voyant regarder d'un œil méfiant le couvert dressé pour deux dans l'ambiance intimiste d'une alcôve, il s'interrogea une fois de plus sur son attitude, sur sa réticence à discuter avec lui.

Les onze heures de vol jusqu'à Los Angeles lui avaient

amplement laissé le temps de réfléchir aux différents scénarios de leurs retrouvailles. Il s'était attendu à ce qu'elle lui donne une explication – même absurde – concernant la raison qui l'avait poussée à vouloir se remarier aussi vite. Il s'était imaginé qu'elle essaierait de le reconquérir, qu'elle se traînerait à ses genoux – métaphoriquement parlant – pour remonter dans le train de la fortune. Mais elle n'en faisait rien. Pourquoi ? Que ne comprenait-il pas ? Peut-être ferait-il bien de commencer par Will, son éphémère fiancé.

— Tu l'aimais ? demanda-t-il négligemment, tandis qu'ils s'installaient à table.

Emma leva sur lui un regard interloqué.

— Ton fiancé, précisa Nico.

Elle laissa échapper un discret soupir et baissa les yeux.

— Non.

— Alors, lui aussi, c'était juste pour l'alimentaire ?

Le ton sarcastique lui fit aussitôt relever les yeux.

— Et après ? Tu ne sais pas ce que c'est que d'avoir faim.

Sur ce, elle prit la carte des plats qu'elle parcourut d'un regard polaire et Nico se sentit obligé de battre en retraite.

— Je reconnais qu'il n'y a pas de honte à se marier pour l'argent, si c'est clairement établi. Un mariage de convenance n'est pas condamnable.

Peut-être pourraient-ils parvenir à un accord similaire.

— Mais faire semblant d'aimer. C'est impardonnable.

Emma reposa lentement la carte et leva les yeux sur lui.

— Justement. Avec Will, c'était clair. Nous n'étions pas amoureux, simplement bons amis. Et cela nous convenait très bien.

Nico n'insista pas.

— Tu as choisi ton plat ?

— Je n'ai pas faim.

— Ne fais pas l'enfant.

— Je ne fais pas l'enfant, s'énerva brusquement Emma en haussant le ton. Je n'ai *vraiment* pas faim.

Soudain gênée, elle détourna la tête.

— Excuse-moi, marmonna-t-elle. Je n'ai pas beaucoup d'appétit en ce moment.

Nico plissa les yeux et la détailla, notant le rouge qui montait à ses joues, la façon dont elle évitait de le regarder comme si elle lui cachait quelque chose.

— C'est plus qu'une indigestion ?

Emma laissa échapper un drôle de soupir qui ressemblait à s'y méprendre à un sanglot. La colère de Nico reflua aussitôt, balayée par une profonde inquiétude.

— Emma, dit-il en se penchant par-dessus la table.

Il effleura sa main. Sa peau était douce et si froide qu'il éprouva brusquement le besoin d'enrouler ses doigts autour des siens pour les réchauffer.

— Dis-moi, Emma. Tu es malade ?

Dans sa tête affluèrent des images d'hôpital, de blouses blanches...

— Emma, je peux convoquer les meilleurs médecins...

Elle secoua vigoureusement la tête.

— Je ne suis pas malade.

Ses lèvres tremblèrent, mais elle tourna vers lui un regard dans lequel brillait toujours cette pointe de lueur insolente, celle du défi.

— Je suis enceinte.

4

Un éclat de rire fusa entre les lèvres d'Emma à la vue de l'expression sidérée peinte sur le visage de Nico. La situation n'avait rien d'amusant, mais le rire était son mécanisme de défense et Nico avait l'air d'avoir reçu un coup de massue sur le crâne.

Elle pressa la main sur sa bouche.

— Tu devrais voir ta tête.

Nico resta une seconde bouche bée puis son visage s'assombrit.

— Alors, comme ça, tu es *enceinte,* dit-il lentement.

Emma laissa retomber sa main, la gorge soudain serrée par l'appréhension. En lui disant la vérité, elle venait de prendre un risque énorme, celui de perdre le contrôle de son existence. Autoritaire et orgueilleux comme il l'était, Nico Santini allait forcément vouloir régenter sa vie. Et celle de son bébé.

Alors, pourquoi lui avoir dit ?

Par souci d'honnêteté, même s'il ne le croirait pas. Sans doute aussi parce qu'elle n'avait pas connu son père et qu'elle avait du mal à accepter l'idée qu'il en soit de même pour son enfant.

— Je comprends pourquoi tu devais épouser cet homme sans attendre, déclara Nico en laissant son regard dériver sur elle.

— Will ? dit Emma, surprise qu'il fasse ce raccourci sans avoir encore vraiment réagi à l'annonce de sa future paternité.

Oui, je savais que je ne pourrais pas subvenir seule aux besoins du bébé. J'arrive à peine à subvenir à mes propres besoins.

Elle redressa le menton.

— Il était au courant pour le bébé. Il était d'accord.

Nico lâcha un petit rire méprisant.

— Mais il s'est vite sauvé quand il a appris que tu étais mon épouse. Il n'a pas cherché à discuter.

— Tu ne lui as pas vraiment laissé le choix, répliqua Emma, irritée par la condamnation sans appel dans sa voix, comme s'il accusait Will de ce fiasco. Tu lui as ordonné de partir. Et pourquoi serait-il resté ? Qu'aurait-il pu faire puisque j'étais déjà mariée avec toi ?

— Je pensais qu'un homme aurait plus de considération pour son propre enfant, rétorqua froidement Nico.

Emma le dévisagea – son regard vert glacial, ses lèvres pincées en une ligne désapprobatrice. Bon sang, il croyait que c'était *Will* le père ! Ce qui n'était pas étonnant en soi, réalisa-t-elle, sidérée. À cause du stress et des nausées, elle avait tellement maigri que sa grossesse à quatorze semaines ne se voyait presque pas.

Pourquoi ne pas le laisser continuer à croire que c'est Will ? Sans le vouloir, Nico lui offrait la solution. S'il la croyait enceinte d'un autre homme, il demanderait le divorce et leurs chemins se sépareraient définitivement. Ne serait-ce pas préférable pour tout le monde ? Il ne l'aimait pas et il ne lui ferait plus jamais confiance. Elle non plus, d'ailleurs. Plus maintenant. Comment imaginer former une famille dans ces conditions ? Elle avait l'habitude de se débrouiller seule, elle s'en sortirait mieux sans Nico. Elle ferait aussi bien de ne pas le détromper et de s'en aller, dans son intérêt et celui de son enfant.

Non, leur enfant. L'enfant de Nico, rectifia traîtreusement sa conscience.

Vaincue, Emma ferma les yeux avec un soupir.

— Écoute... cet enfant n'est pas de Will.

— Ah. Il y a un autre homme ? questionna aussi sec Nico, narines frémissantes, mâchoire crispée. Décidément, tu n'as pas perdu ton temps.

Sa voix basse vibrait de colère contenue. Une colère qui déclencha celle d'Emma.

C'était donc ainsi qu'il la voyait ? Elle avait forcément couché avec un autre homme. Ils avaient fait l'amour nonstop pendant tout un mois, mais il ne lui venait pas à l'idée que lui, son *mari*, puisse être le père !

— Tu es insultant, Nico. Non content de faire des suppositions depuis que tu as déboulé à mon mariage...

Nico se pencha par-dessus la table, des éclats de jade dans les yeux.

— Un mariage qui n'aurait jamais dû avoir lieu !

— Tu étais *mort* !

Les mots résonnèrent dans le restaurant, suivis d'un silence, puis du bruit de quelqu'un s'éclaircissant la gorge.

Du coin de l'œil, Emma vit le serveur en veste blanche qui attendait pour prendre leur commande, luttant pour conserver un visage impassible.

Une fois de plus, elle ne put retenir un rire nerveux. Elle plaqua la main sur sa bouche, tandis que Nico la fusillait d'un regard noir avant d'aller crucifier le serveur.

— Ce sera des gnocchis aux épinards pour tous les deux, dit-il entre ses dents. Et de l'eau minérale.

— Je t'ai dit que je n'ai pas faim, protesta Emma, même si son estomac vide à présent pourrait sans doute accepter un peu de nourriture.

Elle savait qu'elle devait s'alimenter dans l'intérêt du bébé, mais elle refusait de se plier aux quatre volontés de Nico, qu'il ait raison ou non.

— Tu dois manger. Ce plat n'est ni trop riche ni trop épicé. Ton estomac devrait le supporter.

Le serveur s'empressa de récupérer les menus, tandis qu'Emma se renversait contre le dossier de sa chaise avec un soupir agacé. Même quand il voulait être prévenant, Nico ne pouvait s'empêcher d'être directif. C'était insupportable.

Il était déjà ainsi avant, mais elle ne s'en était pas trop inquiétée. Le soir de leur rencontre, il l'avait invitée à dîner, puis, comme il était tard, il avait insisté pour qu'elle passe la nuit dans sa suite d'un grand hôtel new-yorkais. Cette nuit-là, il ne l'avait pas touchée. Avec le recul, Emma réalisait qu'il avait agi ainsi avec une suprême arrogance, sûr que le moment viendrait – quand il le déciderait. Dès le début de leur relation, il lui avait clairement fait comprendre que c'était temporaire, qu'elle était là uniquement parce qu'il le voulait bien et jusqu'à ce qu'il siffle la fin de la partie. C'était lui qui décidait de tout – l'hébergement, les voyages, les tenues qu'elle portait, ce qu'elle mangeait, ce qu'elle buvait et ce qu'elle faisait. Emma était bien forcée de reconnaître avec amertume qu'elle n'avait été qu'une poupée entre ses mains. Une poupée avec laquelle il pouvait s'amuser. Et elle l'avait laissé faire parce que le monde qu'il lui faisait découvrir était si merveilleux, si enivrant, qu'elle avait voulu vivre ce conte de fées, alors même que sa conscience lui soufflait que ça ne durerait pas, comme tout le reste dans sa vie.

Durant tout le temps de leur relation – un seul mois – elle avait eu l'impression de vivre un rêve éveillé. D'abord à New York, dans un hôtel au luxe inimaginable, puis à Rome, dans le somptueux appartement de Nico. Avant de le rencontrer, elle n'avait jamais eu de passeport, jamais voyagé, jamais rien fait à part survivre jour après jour. Il lui avait ouvert les portes d'un autre univers, celui de l'opulence, des voyages... et de la passion.

La voix de Nico l'arracha à ses souvenirs.

— Ce Will était donc d'accord pour t'épouser même enceinte d'un autre homme, fit-il en secouant la tête, indiquant clairement qu'il trouvait l'idée incroyable, voire carrément repoussante.

— En effet, répliqua Emma, trop en colère pour corriger ses suppositions blessantes.

Après tout, il pouvait bien croire ce qu'il voulait.

Le serveur revint remplir leurs verres d'eau. Elle en prit une grande gorgée. Sa bouche était affreusement sèche et son cœur cognait.

— Will est un gars réservé, reprit-elle, éprouvant le besoin de le défendre. Il ne souhaitait pas se marier, mais sa mère insistait tellement que c'était invivable. Ce mariage basé sur l'amitié était donc une solution qui nous convenait parfaitement à l'un comme à l'autre.

Nico n'avait pas l'air convaincu.

— Et l'enfant ? questionna-t-il. Il était d'accord pour l'élever comme si c'était le sien ?

Emma déglutit et hocha la tête, mal à l'aise. Si elle devait dire la vérité, c'était maintenant ou jamais. Plus elle attendait, plus Nico serait furieux quand il apprendrait la vérité. Parce qu'il finirait forcément par l'apprendre... Elle n'avait jamais su mentir. Alors, autant cracher le morceau avant qu'il ne soit trop tard. Mais les mots ne venaient pas.

— Oui, il était d'accord, répondit-elle du bout des lèvres. Will est quelqu'un de bien.

Elle l'avait rencontré lors d'une réception pour laquelle elle avait été engagée comme serveuse. Il était au bar, occupé à boire verre sur verre et, dans un moment d'hébétude, il lui avait parlé de sa mère dominatrice et de son désir de vivre sa vie sans l'incessante ingérence maternelle. Passionné par son métier d'informaticien, il disait ne pas être en quête du grand amour, mais il serait tout de même heureux d'avoir des enfants un jour.

De son côté, Emma venait de découvrir qu'elle était enceinte. Elle louait une chambre minable et vivait au jour le jour en économisant chaque centime de la somme d'argent dont Antonio Santini lui avait fait l'obole avant de la déposer à l'aéroport. Malgré la précarité de sa situation, elle avait décidé de garder le bébé. Elle voulait quelqu'un à chérir, quelqu'un avec qui former une famille. La famille qu'elle n'avait jamais eue et dont elle rêvait.

Elle avait plaisanté avec Will sur le fait qu'ils devraient se marier. Ce n'était qu'une plaisanterie, mais Will l'avait prise au mot. Il lui avait donné sa carte de visite et il avait enregistré son numéro de téléphone. Emma pensait qu'il s'agissait d'une simple conversation sous l'effet de l'alcool, rien de plus, quand le lendemain il lui avait envoyé un texto.

À propos du mariage... tu étais sérieuse ?

Elle l'était, avait-elle réalisé. Parce qu'elle n'avait pas le choix et qu'elle avait maintenant un petit être à protéger.

Ils avaient passé quelques semaines ensemble pour apprendre à se connaître et Will s'était révélé un gars rassurant et ouvert, un bourreau de travail qui occupait ses loisirs avec des plaisirs simples et qui se suffisait à lui-même. Il lui avait laissé carte blanche pour redécorer son appartement de Santa Monica, à condition de ne pas toucher à son bureau. Il était content qu'elle attende un enfant ; il l'avait même accompagnée à sa première échographie, deux semaines plus tôt. Il n'y avait aucun désir charnel entre eux, et c'était très bien ainsi. Après ce qu'elle avait vécu avec Nico, Emma n'était pas prête à affronter de nouveau la passion, ni même une quelconque attirance physique. Will était un ami et elle devait d'abord penser au bébé. C'était le plus important. Leur mariage aurait été simple, sans passion et sans risque.

Tout était fichu, à présent. Cet avenir stable et serein qu'elle avait failli construire venait de voler en éclats à cause de l'homme assis face à elle.

— Tu as l'air triste, observa celui-ci, l'œil narquois. Il te manque ?

— Will est quelqu'un d'extrêmement bienveillant, qui était d'accord pour élever l'enfant d'un autre, répliqua sèchement Emma. Alors, oui, il me manque.

— Et le père ? questionna Nico. L'autre gars qui était ta cible initiale ?

Sa *cible* ? Ma parole, il la prenait pour Mata Hari ! Elle laissa échapper un petit rire incrédule tout en secouant la tête.

— Ton cynisme pourrait m'amuser si ce n'était pas si pathétique, riposta-t-elle aussi sec sans réfléchir.

La colère flamba dans les yeux de Nico et la peau autour de sa bouche blêmit de façon alarmante.

Elle ferait mieux de ne pas se montrer aussi insolente, Emma en était consciente. Même s'il avait été tendre durant leur brève liaison et leur tout aussi bref mariage, Nico avait la réputation d'être impitoyable en affaires comme dans tout le reste. Il savait ce qu'il voulait, comment l'obtenir et s'en débarrasser. Après l'accident, elle avait découvert sa carrière de séducteur jalonnée d'innombrables victimes. Ses liaisons avaient fait la une des journaux. Elle n'avait pas été vraiment étonnée, mais il était encore plus difficile d'avoir confiance en lui, maintenant.

— Simple curiosité, reprit-il en croisant les bras. Tu es enceinte de combien de semaines ?

Elle hésita. Il n'y avait pas trente-six options. C'était soit mentir et se protéger, elle et l'enfant. Soit dire la vérité et en assumer les conséquences.

— Alors ? insista Nico.
Elle déglutit péniblement.
— Pas... pas beaucoup.

Pas beaucoup ? Elle ne savait pas exactement depuis quand elle était enceinte ? Avait-elle fréquenté tant d'hommes après lui ? Nico avait du mal à le croire. Quand il l'avait prise dans ses bras pour la première fois, elle avait l'air incroyablement innocente. Si différente des femmes qu'il accueillait habituellement dans son lit, des femmes aussi pragmatiques que lui en matière de sentiments.

Il se souvenait très bien de la première fois avec Emma – c'était trois jours après leur rencontre. Trois jours après lui avoir offert de rester dans sa suite à l'hôtel, parce qu'elle avait avoué ne pas avoir d'endroit où dormir et parce qu'il se sentait coupable d'une certaine façon de la perte de son emploi. Il avait alors décidé de se conduire en parfait gentleman, malgré l'extraordinaire attirance qu'Emma exerçait sur lui.

Sa simplicité, sa candeur – sa *fausse* candeur, plutôt – l'avaient envoûté. Après les mensonges de son enfance, le silence de sa mère et la douloureuse froideur de son père, il avait enfin trouvé une personne naturelle, sincère et sans fard. Comme par hasard, bien sûr !

Aujourd'hui, il se demandait si Emma avait tout manigancé quand elle s'était dressée sur la pointe des pieds pour effleurer ses lèvres d'un baiser. Faisait-elle semblant quand il avait baissé les yeux sur elle, le cœur battant, et qu'un sourire lumineux s'était épanoui sur ses lèvres ? Et quand il lui avait demandé « Tu es sûre ? » et qu'elle avait chuchoté « Oui... », jouait-elle la comédie ?

En revanche, ce qui s'était passé ensuite n'était pas de la comédie. Il en était certain. Il se souvenait de son corps sous le sien, mince et souple, s'ouvrant à lui, s'accrochant à lui, tandis qu'ils sombraient tous deux dans une jouissance explosive. Il se souvenait de l'expression de joie pure sur le visage d'Emma quand, à bout de souffle, il avait rouvert les yeux.

Non, certaines choses ne pouvaient pas être feintes. Mais là tout de suite, Emma avait l'air bizarre. Elle gardait les yeux baissés et buvait à petites gorgées, ses doigts tremblants crispés autour de son verre. Que lui cachait-elle encore ? Qui était le père ?

Vif comme l'éclair, il lui saisit le poignet d'une main et, de l'autre, lui enleva le verre.

— Qu'est-ce que tu me caches, Emma ? demanda-t-il à voix basse. De quoi as-tu donc si peur ?

Quand elle lui avait dit qu'elle était enceinte, l'espace de quelques merveilleuses secondes, il avait cru que c'était *lui* le père. Mais pour cela, il aurait fallu qu'elle soit enceinte de trois mois *et demi*. Or, sa grossesse ne se voyait pas et ils avaient toujours eu des rapports protégés.

Blême, Emma baissa les yeux sur les doigts de Nico encerclant son poignet.

Il sentait son pouls battre sous son pouce. Machinalement, il caressa sa peau satinée, et son ventre se noua de désir. Une infime caresse et il avait déjà envie d'elle, lui rappelant ce désir fou qui avait existé entre eux. Ce désir fou qui avait eu le pouvoir d'affoler ses sens au point de lui faire oublier tout le reste. La trahison de sa mère. L'indifférence de son père. La jalousie mesquine de son cousin. L'atroce sentiment de ne pas savoir qui il était, ni d'où il venait. Le monde dont il avait rêvé de s'échapper pour en construire un nouveau avec Emma.

Tout n'avait été qu'illusions, mais en cet instant précis, ce dont il se souvenait, c'était la sensation bien réelle du corps d'Emma s'enroulant autour du sien comme une liane...

— Lâche-moi, s'il te plaît, murmura-t-elle.

Un battement de cœur, puis il lâcha son poignet.

Emma ramena son bras contre sa poitrine. Comme lui, elle avait ressenti la brûlure du désir. Il le voyait dans ses pupilles dilatées, la soudaine rougeur de ses joues. Elle aussi se souvenait. Le désir entre eux était toujours aussi fort, alors même qu'elle était enceinte d'un autre homme. C'était exaspérant. D'un autre côté, bon nombre de mariages se construisaient avec moins que ça…

Nico la dévisagea, soudain songeur, laissant l'idée s'épanouir dans son esprit. Certes, sa grossesse était une complication imprévue, et lui, plus que tout autre, était bien placé pour savoir qu'il était difficile de s'occuper de l'enfant d'un autre homme. Mais ce pourrait être l'occasion de prendre une revanche sur le passé en donnant à cet enfant l'affection qu'il n'avait pas reçue. Il pourrait lui offrir un espoir, un avenir…

Une nouvelle perspective prenait forme dans son esprit – Emma, son épouse, dans tous les sens du terme, ou presque, l'amour ne faisant pas partie de l'équation, bien sûr. Quant à l'enfant, il l'adopterait et l'élèverait comme le sien.

— Pourquoi me regardes-tu comme ça ? demanda Emma.

Elle n'avait pu empêcher sa voix de trembler. La couleur avait disparu de ses joues, la laissant de nouveau pâle et les traits tirés par la fatigue.

— Je réfléchis à notre avenir.

— Notre avenir ? s'étrangla-t-elle. Tu le vois comment ?

— L'enfant n'était pas prévu, répondit franchement Nico. Je dois reconnaître que cela complique un peu les choses.

— Quelles choses ?

— Notre mariage.

Il fronça les sourcils, réfléchissant aux conséquences.

Il devait être honnête avec lui-même. Serait-il capable d'aimer l'enfant d'un autre autant que si c'était le sien ?

Il ne voulait pas se comporter comme son père. Il ne voulait pas être froid et distant avec l'enfant qui lui serait confié et ne lui donner que le strict minimum simplement parce qu'il n'était pas de son propre sang. C'était ce qu'il avait vécu et il avait terriblement souffert de ne pas comprendre pourquoi son père supportait à peine sa présence, jusqu'à ce que sa mère, sur son lit de mort, lâche une bombe dont il subissait encore aujourd'hui les retombées de l'explosion.

— Quoi, notre mariage ? insista Emma, décontenancée.
— S'il continue, répondit Nico.

Le pli entre ses sourcils s'accentua, tandis qu'il prenait conscience qu'il était hors de question pour lui de se séparer de son épouse, même enceinte d'un autre homme.

— Le père de l'enfant est au courant ? Tu le lui as dit ?
— Je...

Emma s'interrompit avec l'arrivée du serveur. Ce dernier déposa les assiettes devant eux, puis s'éclipsa.

— Alors ? reprit Nico. Tu le lui as dit ?

Elle prit sa fourchette et se mit à triturer les pâtes dans son assiette.

— L'occasion ne s'est pas présentée, marmonna-t-elle sans relever la tête.
— Comment ça ?
— Il... Il a disparu avant que je sache que j'étais enceinte.

Elle semblait mortifiée, comme si chaque mot lui coûtait. Et il y avait de quoi ! bouillonna Nico. Le coup d'un soir, à peine avait-il été déclaré mort. Il ne lui avait pas manqué bien longtemps. Quelques jours ? Un mois ? Il ravala son amertume.

— Je vois.

Emma émit un petit rire triste.

— Non, tu ne vois pas.
— Dans ce cas, explique-moi.

Nico entendit la colère vibrer dans sa voix.

— Et pour l'amour du ciel, regarde-moi, Emma ! Ou as-tu si honte que tu ne peux me regarder dans les yeux ?

Elle redressa brusquement la tête.

— C'est *toi* qui devrais avoir honte avec tes jugements à l'emporte-pièce et tes spéculations.

— Ah, oui ? se hérissa Nico. J'essaie juste d'obtenir des explications.

— Bon sang, tu ne comprends donc pas...

Elle s'interrompit pour faire entendre un rire qui, cette fois, ressemblait davantage à un sanglot, avant de cacher son visage dans ses mains.

— J'en ai marre de faire semblant. C'est absurde, je ne sais même pas pourquoi j'ai essayé...

Sa voix se brisa et Nico se raidit, agacé et furieux.

— Eh bien, tu n'as qu'à me parler franchement, pour une fois !

Elle leva sur lui un regard triste et résigné.

— Il n'y a pas d'autre homme, Nico. Ni Will ni qui que ce soit que ton cynisme permanent te donne à imaginer. C'est *toi* le père de cet enfant.

5

Le sort en était jeté. Malgré la peur et l'incertitude, Emma éprouvait une sorte de soulagement. Elle n'avait jamais su mentir, source de bien des problèmes quand elle n'était encore qu'une gamine incapable de nier avoir chipé de la nourriture ou triché à un devoir si c'était elle la coupable. Elle avait toujours assumé ses bêtises. Résultat, elle avait été cataloguée comme fauteuse de troubles dès son plus jeune âge – un sacré handicap quand vous entriez dans le cercle infernal des familles d'accueil, chacune vous refilant à la suivante comme un vulgaire paquet dont on ne veut plus.

À présent, ce n'était guère mieux. En refusant de mentir, elle donnait à Nico toutes les cartes pour qu'il en fasse ce qu'il voulait.

Comment aurait-elle pu faire autrement ? Elle avait bien essayé d'aller dans le sens de ce qu'il supposait – l'existence d'un autre homme – mais c'était tellement blessant.

Elle avait vu ses narines frémir, ses lèvres se pincer à l'idée qu'elle ait couché à droite à gauche. Sans se soucier bien sûr de son propre passé de tombeur et prêt à croire le pire à son sujet – rien de nouveau de ce côté-là. Nico Santini était comme tous les autres. Le conte de fées était bel et bien terminé. Mais elle restait son épouse... et il savait désormais qu'il était le père de l'enfant qu'elle portait.

L'anxiété contracta douloureusement l'estomac d'Emma.

— Tu prétends qu'il est de *moi* ? dit Nico d'une voix empreinte d'une incrédulité méprisante. Impossible.

Elle le regarda, interloquée.

— Tu crois que les garçons naissent dans les choux et les filles dans les roses ?

— Ce n'est pas le moment de faire de l'esprit, Emma.

— Je n'en ai aucune envie, je t'assure.

Elle secoua lentement la tête, en se demandant pourquoi il avait tant de mal à croire que c'était lui le père, alors qu'ils avaient vécu un mois ensemble. Certes, ils avaient utilisé des préservatifs, mais chacun sait que ce n'est pas infaillible, et plus d'une fois ils s'étaient précipités, tâtonnant dans leurs élans passionnés dont le seul souvenir provoquait une crispation entre ses jambes. Une sensation particulièrement malvenue en cet instant.

— Nico, reprit-elle avec lassitude. C'est toi le père, je te le jure. Il n'y a pas eu d'autre homme.

— Je suis le père, répéta-t-il en martelant lentement chaque mot comme s'il attendait qu'elle lève les mains en l'air et avoue « C'est une blague ! Ce n'est pas toi. Je t'ai bien eu ! »

— Oui, confirma-t-elle, agacée par son incrédulité un peu trop théâtrale. Les dates correspondent.

— Tu viens de me dire que ta grossesse n'était pas très avancée.

— Je suis enceinte de quatorze semaines.

Nico fronça les sourcils, sa mâchoire se crispa.

— Donc, tu m'as menti.

— Je n'ai pas menti, protesta Emma. Simplement... j'ai tu la vérité.

— Pourquoi ?

Nico tapa du poing sur la table. Le bruit fit sursauter Emma. Tremblante intérieurement, elle réalisa qu'il était fou de rage.

Plus furieux encore que lors de son irruption dans l'église. Était-ce une simple question d'orgueil froissé – ou s'agissait-il d'autre chose ? Elle le connaissait si peu.

— J'ai préféré taire la vérité parce que tu ne cesses de tirer des conclusions sans chercher à comprendre, s'efforça-t-elle de répondre calmement. D'abord, tu crois que c'est l'enfant de Will, ensuite, c'est celui d'un... d'un quelconque inconnu, comme si j'étais une Marie-couche-toi-là. Soit dit en passant, un point de vue particulièrement sexiste si l'on considère ta réputation de séducteur. Batifoler, c'est normal pour *toi*, mais pas pour moi.

— On ne parle pas de moi, mais de toi ! Et que suis-je censé imaginer si tu ne m'expliques pas ? riposta Nico en haussant le ton. Tu étais prête à te remarier trois mois après...

— Trois mois *et demi* après, l'interrompit Emma avec une ironie mordante.

Elle aussi était en colère.

— Assez ! ordonna Nico, glacial. Si l'enfant était de moi, tu me l'aurais dit dès le départ au lieu de tergiverser. J'en conclus donc qu'il n'est pas de moi. Ce que je peux comprendre.

Il plissa les yeux, la scrutant froidement, cliniquement.

— Mais pourquoi ne pas me l'avouer tout simplement, Emma ?

Découragée, elle jeta sa serviette sur la table, trop lasse pour continuer à essayer de le convaincre.

— J'en ai marre.

— Emma...

— Je m'en vais, dit-elle en se levant, les jambes flageolantes, des larmes plein les yeux.

— Emma, arrête !

Elle l'entendit repousser sa chaise, tandis qu'elle traversait la salle de restaurant, consciente qu'elle n'avait nulle part où aller. La veille, elle avait déménagé ses affaires chez Will – une valise seulement. Elle était censée s'y installer ce soir. Mais après ce qui venait de se passer...

— Emma, attends.

Elle atteignait la sortie quand Nico lui saisit le bras et la fit pivoter vers lui.

— Ne pars pas comme ça en claquant la porte.

— Je ne claque pas la porte. J'en ai juste marre de tes doutes, marre de tes suppositions. Et je suis fatiguée. Parce que, vois-tu, je suis enceinte et j'aimerais me poser quelque part où je puisse dormir. Alors, s'il te plaît, fiche-moi la paix.

Elle tenta de dégager son bras, mais Nico resserra l'étreinte de ses doigts.

— Je ne te laisse pas partir seule, murmura-t-il en l'entraînant dehors, soucieux d'éviter une scène sous les regards curieux des clients. Tu es ma *femme*.

Debout sur le trottoir, baignée par la brise venue de l'océan, le bras toujours tenu par Nico, Emma ferma les yeux, submergée par la fatigue.

Sa journée avait été une suite de montagnes russes émotionnelles. Elle, qui se targuait d'avoir l'esprit vif et de posséder de solides compétences en matière de survie, était littéralement à bout de forces, incapable de faire appel à ses mécanismes de défense habituels – l'impertinence, la dérision, la provocation.

— Que veux-tu, Nico ? demanda-t-elle avec lassitude, les yeux toujours clos. Dis-le-moi, et qu'on en finisse.

— Je...

Il y eut un moment de flottement.

Elle rouvrit les yeux. Nico la dévisageait, l'air incertain.

— Écoute, finit-il par dire. Tu es épuisée. Rentrons à mon hôtel. Nous poursuivrons cette discussion plus tard.

Elle hésita, refusant de se plier à ses quatre volontés. Mais il était tard et elle avait besoin d'un endroit où dormir. Demain, elle y verrait plus clair. Dans l'immédiat, elle n'avait pas le choix. Alors, avec un soupir résigné, elle acquiesça à contrecœur.

Nico fit signe à son chauffeur garé quelques mètres plus haut. Une seconde après, la voiture s'immobilisait devant eux. Sans un mot, il ouvrit la portière arrière et poussa doucement, mais fermement, Emma sur la banquette. Elle s'y affaissa, privée de toute énergie.

— À quel hôtel es-tu descendu ? marmonna-t-elle.

Il indiqua un hôtel à Beverley Hills, célèbre pour son architecture résolument moderne, modèle d'innovation technologique et artistique. Normal, songea Emma. Son époux appréciait ce qui se faisait de mieux dans tous les domaines…

Ce fut sa dernière pensée avant de sombrer dans le sommeil, libérée de ses angoisses, l'espace de précieux instants.

Nico contemplait Emma, recroquevillée sur le côté, profondément endormie. Il avait beau être furieux contre elle, la voir aussi lasse et fragile lui serrait le cœur et éveillait de nouveau en lui cette irrépressible envie de la protéger.

Disait-elle la vérité à propos de l'enfant ?

Elle semblait sincère, mais il demeurait prudent. Il avait de bonnes raisons de l'être. Des raisons qui n'avaient rien à voir en réalité avec Emma. Des raisons qui faisaient mal s'il y réfléchissait trop, s'il songeait qu'il ne savait rien de son véritable père. Et qu'il n'en saurait jamais rien, maintenant que sa mère était morte.

Mais son enfant saurait.

Il y veillerait.

Le plus simple serait de demander un test de paternité. Si Emma avait dit vrai, elle ne refuserait pas. Et si l'enfant était bien le sien…

Un sentiment d'incrédulité, d'émerveillement et d'espoir,

l'étreignit. Sa chair et son sang. Quelqu'un à aimer, à protéger, à chérir. Pour toujours.

À condition qu'Emma ait dit la vérité, bien sûr...

Avait-il tort de douter autant d'elle ?

Il songea à son cousin la traitant de profiteuse, avec pour preuve qu'elle s'était volatilisée dans la nature aussitôt après avoir pris le chèque qu'il lui tendait. D'accord, elle l'avait sans doute épousé pour l'argent. Ce qu'elle ne semblait pas vouloir nier et c'était en soi une forme d'honnêteté. Quant à l'enfant... elle connaissait l'existence des tests de paternité. Quel intérêt aurait-elle à mentir ?

— *Signor ?*

La voix du chauffeur l'arracha à ses réflexions. Ils étaient arrivés à destination.

— Merci, Paulo.

— La *signora ?* demanda celui-ci en tournant la tête vers Emma, toujours endormie.

— Je m'en occupe.

Nico descendit de voiture, puis, délicatement, souleva Emma dans ses bras. Elle était aussi légère qu'une plume – trop légère. Machinalement, elle se blottit contre son torse. Inspirant son parfum, il ne put réprimer un sourire. Elle sentait le savon. Eau de magasin à un dollar. Une odeur enivrante.

— Je peux marcher, bredouilla-t-elle d'une voix ensommeillée.

Il resserra l'étreinte de ses bras autour d'elle.

— C'est bon, dit-il d'un ton bourru.

En réalité, c'était plus que bon. C'était merveilleux de la sentir blottie contre lui, ses seins pressés contre son torse, la douceur de ses courbes sous ses mains.

S'efforçant d'ignorer la tension dans son propre corps, il traversa le hall d'entrée ultramoderne, attirant des regards curieux, et s'engouffra dans l'ascenseur dont les portes s'ouvrirent sur sa suite, dix-huit étages plus haut.

Il déposa Emma sur l'un des canapés du salon dont les baies vitrées offraient un panorama circulaire incroyable sur la ville, donnant l'impression d'être suspendu dans les airs.

Elle releva aussitôt la tête en clignant des yeux.

— Waouh !

Lentement, elle laissa son regard errer sur le sol de marbre noir, le piano à queue, une sculpture probablement hors de prix, et la vue spectaculaire à trois cent soixante degrés.

— Tu veux aller au lit ?

La question de Nico était sans malice, mais à peine l'avait-il prononcée qu'il sentit le sang rugir dans ses veines.

— Tu veux dormir ? rectifia-t-il aussitôt d'une voix tendue.

Emma lui glissa un coup d'œil furtif.

— J'avais compris, Nico. En fait, ce qui me plairait, c'est un bain. Je parie que cette suite dispose d'une baignoire balnéo de la taille d'une piscine. Je me trompe ?

Nico se surprit à sourire.

— Pas du tout.

— Parfait, dit-elle en s'étirant.

La soie de sa robe de mariée se tendit sur ses seins, une innocente provocation qui ne fit qu'aggraver la tension dans le corps de son époux.

— Alors, allons-y ! conclut-elle en se levant.

Nico fit de son mieux pour rester de marbre, tandis qu'il lui indiquait la salle de bains attenante à la chambre avec son lit immense – l'unique lit de la suite. Et comme Emma l'avait espéré, la baignoire était elle aussi immense.

— Il y a un peignoir derrière la porte, précisa-t-il. Et des draps de bain sur les étagères. Si tu as besoin de quoi que ce soit...

Emma baissa les yeux sur sa robe.

— En fait, je n'ai rien pour me changer.

— Où sont tes affaires ?
— Chez Will, à Santa Monica.

Là encore, Nico s'efforça de garder un visage impassible, mais l'idée que les affaires d'Emma soient là-bas et que s'il n'était pas arrivé à temps pour interrompre ce fichu mariage, elle serait à l'heure actuelle l'épouse de cet homme, suffisait à lui faire grincer des dents.

— Donne-moi l'adresse, dit-il. Paulo ira les chercher et les ramènera ici.

Emma hésita, l'air visiblement contrariée.

— Je préférerais y aller moi-même. Je dois des explications à Will. Je l'ai abandonné devant l'autel.
— Pour une bonne raison, répliqua sèchement Nico.
— Il mérite tout de même que je m'excuse.
— Tu n'as qu'à l'appeler.
— J'ai laissé mon sac à l'église, avec mon téléphone...
— Paulo a récupéré ton sac. Il va te l'apporter.

Emma dévisagea Nico, ouvrit la bouche, puis renonça à discuter.

— D'accord, marmonna-t-elle du bout des lèvres avec l'air résigné du condamné à mort qui monte à l'échafaud. Je lui téléphonerai.

Nico ravala un soupir.

— Je suis furieux contre toi, Emma. Mais je ne suis pas un monstre. J'essaie de me montrer raisonnable.

Même si c'était difficile, il voulait bien relâcher un peu la pression.

— Je sais.

Elle n'avait cependant pas l'air convaincue et se méfiait visiblement de lui autant qu'il se méfiait d'elle. Il ne lui avait pourtant donné aucune raison de douter de sa loyauté.

— Je te laisse prendre ton bain.

Il sortit, referma la porte derrière lui et entendit aussitôt Emma tourner le verrou.

De retour au salon, il se servit un verre de whisky et sortit sur la terrasse. Sous le ciel de velours noir piqueté d'étoiles, il s'obligea à respirer lentement, profondément, pour libérer la tension des événements des derniers jours qui l'avaient secoué, déchiré, le laissant aussi épuisé qu'Emma.

Une dizaine de jours plus tôt, il était encore à Djakarta. Sa mémoire était revenue d'abord par fragments confus, puis de plus en plus précis, de plus en plus clairs. Il s'était d'abord souvenu d'Emma, alors que le reste de sa vie était comme un trou noir. Dans ce vide terrifiant qui menaçait de l'aspirer, Emma avait été son point d'ancrage, sa lumière, son espoir. Il s'y était accroché. Tout au long des douloureuses séances de rééducation, quand il se battait pour marcher, pour se concentrer, il n'avait cessé de penser à son avenir avec elle, à leurs retrouvailles, à sa joie quand elle découvrirait qu'il était en vie. C'était ce qui lui avait permis de ne pas baisser les bras, même dans les pires moments.

Alors, évidemment, la réalité avait été dure à encaisser. Découvrir le projet de remariage d'Emma, sa duplicité, son absence de remords et le fait qu'elle admettait l'avoir épousé pour l'argent... tout cela faisait un mal de chien.

Il y avait seulement deux semaines qu'il avait pu reprendre contact avec son cousin, Antonio. Ce dernier avait été stupéfait d'apprendre qu'il était vivant, avant de se féliciter de son retour miraculeux, mais plus tardivement. Normal. Antonio serait toujours fâché que le père officiel de Nico ait choisi le coucou dans le nid plutôt que son propre sang pour diriger l'entreprise. Même s'il l'avait fait uniquement pour s'épargner l'humiliation de devoir reconnaître publiquement que sa femme l'avait trompé.

Quoi qu'il en soit, dès qu'il était rentré en Italie, Antonio l'avait informé des événements qui avaient suivi son décès présumé. Emma était venue lui réclamer de l'argent immédiatement après le service funèbre. Elle avait dit qu'elle ne voulait plus rien avoir à faire avec les Santini. Il lui avait alors offert cinq mille dollars, une somme dérisoire, mais Nico comprenait la réticence de son cousin à donner davantage à celle qu'il avait, dès le début, cataloguée comme une croqueuse de diamants ambitieuse et sans scrupule.

Bizarrement, Emma avait pris l'argent sans discuter, réalisa Nico. Pourtant, d'après le contrat prénuptial qu'il lui avait fait signer – le seul élément de bon sens dans ce mariage éclair décidé sur un coup de tête –, elle aurait été en droit de réclamer une somme bien supérieure.

Aveuglé par la colère et la déception, il n'y avait pas réfléchi, mais, sur ce coup-là, Emma ne collait pas vraiment au profil de la femme vénale décrite par Antonio. Que s'était-il réellement passé ? Pourquoi s'était-elle contentée de cinq mille dollars ?

Nico vida son verre.

Tout cela prouvait une chose... Il ne connaissait pas son épouse. Et lui faire confiance restait à démontrer.

6

Emma posa sa tête contre le marbre froid de la baignoire et ferma les yeux. Si seulement elle pouvait rester là, dans la douce chaleur du bain moussant, et oublier tout le reste... les dures réalités de la vie et l'homme qui l'attendait de l'autre côté de la porte.

Mais c'était impossible. Elle avait beau essayer de se détendre, une question ne cessait de tourner en boucle dans son esprit. Avait-elle eu tort de parler du bébé à Nico ?

Elle rouvrit les yeux, s'exhortant à rester pragmatique.

La question n'était pas de savoir si elle avait eu tort ou non de dire la vérité – ce qui était fait était fait, et elle devait maintenant en assumer les conséquences. La question était de savoir ce que Nico allait faire. Pourrait-il revenir sur son jugement ou resterait-il méfiant ? Accepterait-il qu'elle revienne dans sa vie pour tenter de former une sorte de famille ? Et elle... voulait-elle seulement prendre ce risque ?

L'appréhension la fit frissonner. Sa main glissa sur son ventre.

— Je ferai tout pour te protéger, mon bébé.

Mais elle ne savait pas comment, maintenant que Nico avait resurgi dans sa vie.

Que se serait-il passé, s'il n'y avait pas eu cet accident d'avion ? songea-t-elle avec amertume. Leur idylle aurait peut-être duré un peu plus longtemps, mais le conte de fées n'aurait pas été éternel. Dès le début de leur relation, elle avait été convaincue que leur histoire ne durerait pas au-delà de quelques jours et que Nico finirait par la regarder avec une sorte de sourire résigné en disant : « C'était sympa, mais... »

Au lieu de ça, il l'avait épousée.

Elle se souvenait très exactement de cet instant, sur la terrasse de son appartement dominant la place Saint-Pierre de Rome...

Elle avait du mal à croire qu'elle puisse être là, avec un homme qui lui faisait tourner la tête et battre le cœur. Elle n'avait pas voulu tomber amoureuse. Elle n'avait pas voulu s'attacher. Trop dangereux. Mais Nico Santini était si gentil avec elle, la comblant d'attentions.

Habituée à lutter seule, elle avait l'impression de flotter dans un cocon de douceur. Une douceur qui ne pouvait durer, elle en était consciente. Aussi se tenait-elle sur ses gardes, résolue à profiter du moment, sans penser à demain, comme elle l'avait toujours fait. C'était une question de survie.

Puis Nico l'avait rejointe. Il l'avait prise dans ses bras et il avait murmuré dans ses cheveux :

— Emma, épouse-moi.

Choquée, elle s'était figée. Pas une seconde, elle n'avait imaginé que leur aventure pourrait aller plus loin. Elle avait levé les yeux sur lui, cherchant à lire sur son visage.

— Tu n'es pas sérieux.

— Si.

Il avait l'air si sincère qu'elle en avait été bouleversée.

— Mais...

Il était impensable qu'un homme tel que lui – riche, puissant et beau comme un dieu – épouse une fille comme elle, sans le sou, sortie de nulle part. Elle le savait, elle le comprenait et elle l'acceptait. Elle pensait que Nico aussi. Et voilà qu'il la prenait dans ses bras et la demandait en mariage.

— Épouse-moi, Emma, avait-il répété.

Elle aurait dû garder les pieds sur terre, protéger son cœur. Mais comment une fille qui devait se battre au quotidien pour ne pas finir à la rue aurait-elle pu dire non à une vie dont elle n'avait jamais osé rêver ? Alors, même sans savoir pourquoi il la demandait en mariage, même si elle ne voulait pas s'attacher et encore moins tomber amoureuse, elle avait accepté. Ils s'étaient mariés le lendemain au cours d'une brève cérémonie civile à Rome avec deux inconnus pour témoins. Nico avait ensuite prévenu son père et son cousin, dont elle n'avait fait la connaissance qu'à l'annonce de sa disparition.

Durant la semaine qui avait suivi leur mariage, elle était restée à l'appartement, à l'exception d'une ou deux sorties pour prendre un café. Soit Nico travaillait, soit il l'emmenait au lit. Elle n'avait rencontré ni sa famille ni ses amis. Il ne l'avait présentée à personne. Un signe qui aurait dû lui mettre la puce à l'oreille, mais elle n'avait pas voulu entendre les alarmes, parce qu'elle voulait faire de ce rêve une réalité.

En son for intérieur, elle savait pourtant que c'était trop beau pour être vrai, que ce bonheur tout neuf ne durerait pas, comme tout le reste dans sa vie. Pour quelle raison en aurait-il été autrement ? Pour quelle raison, un homme aussi merveilleux que Nico resterait-il marié avec elle ? Elle ne se faisait pas d'illusions, mais elle n'avait pu s'empêcher d'espérer.

Une semaine après leur union, il s'envolait pour les Maldives et Antonio était venu la prévenir froidement de l'accident. Le simple fait de penser à cet homme, à sa moue méprisante, à son regard cruel, lui donnait la nausée.

— Il n'y a aucun survivant, avait-il annoncé sans détour. Et comme vous n'étiez mariés que depuis une semaine et que Nico s'était déjà lassé de vous...

Ces derniers mots l'avaient crucifiée, la remettant à sa place. Les gens finissaient *toujours* par se lasser d'elle. Toutes ces familles d'accueil qui avaient refusé de la garder parce qu'elle n'était pas suffisamment attachante... même celle qu'elle s'était autorisée à aimer.

« Emma ? Il n'en est pas question. »

La condamnation définitive dans la voix de sa dernière mère d'accueil dont elle avait osé croire qu'elle éprouvait de l'affection à son égard, la violence, la certitude avec laquelle cette femme l'avait rejetée... Le souvenir était atroce, même après toutes ces années.

En tout cas, Antonio avait été on ne peut plus clair.

— Vous n'avez rien à faire dans notre famille. Je vous donne cinq mille dollars et vous débarrassez le plancher.

À cet instant, elle n'avait eu qu'une envie, fuir. Fuir son mépris. Fuir l'idée que si Nico avait été en vie, ce serait lui qui l'aurait renvoyée avec cette même expression dédaigneuse. Alors, s'accrochant au peu de fierté qui lui restait, elle avait acquiescé, le cœur brisé. Elle était partie, elle avait réédifié ses remparts. Plus personne ne lui briserait le cœur parce qu'elle ne s'autoriserait plus jamais à aimer. Pas même Nico. Surtout pas Nico.

Mais où cela les menait-il à présent ?

Elle avait beau être morte de fatigue, elle ne pourrait trouver le sommeil avant de savoir ce que Nico comptait faire d'elle et de leur bébé. Il fallait qu'elle sache si elle pouvait lui faire confiance. Sinon, elle se sauverait – vite et loin. Elle avait l'habitude.

Rassemblant son courage, elle s'extirpa de la baignoire, s'enveloppa dans le peignoir et abandonna l'intimité de la chambre.

Sous ses pieds nus, le sol de marbre du salon était glacial.

Nico était sur la terrasse, le regard rivé sur l'horizon. Retenant son souffle, elle s'approcha.

— Nico, dit-elle doucement.

Il se retourna au son de sa voix, à peine un murmure. Perdu dans ses pensées, il ne l'avait pas entendue venir vers lui. Il la regarda. Son visage avait repris un peu de couleur et ses cheveux humides retombaient en vrilles dorées sur ses épaules. Le peignoir s'arrêtait juste au-dessus de ses genoux, dévoilant ses jambes fuselées. Il mourait d'envie de la caresser. Il suffirait de tirer sur la ceinture du peignoir pour le faire glisser à terre et avoir Emma nue dans ses bras. Comme avant...

Il chassa l'image tentatrice. La situation était déjà suffisamment compliquée sans y mêler le sexe.

— Le bain était agréable ?

— Merveilleux. J'avais oublié comme on s'habitue vite à ce genre de vie.

Un genre de vie à laquelle elle n'avait sans doute pas eu droit ces trois derniers mois, avec seulement cinq mille dollars en poche pour payer le vol depuis Rome et le coût exorbitant de la vie à Los Angeles, songea Nico. Ce qui pourrait expliquer sa décision de se remarier si vite.

— Qu'as-tu fait après l'accident ?

Il avait besoin d'avoir sa version de l'histoire pour se faire sa propre opinion. Pour savoir s'il pouvait lui faire confiance.

Emma poussa un soupir.

— Ça t'ennuie si on s'assied ? J'ai les jambes en compote. Talons aiguilles et grossesse ne font pas bon ménage, dit-elle avec un petit rire en retournant dans le salon.

Elle se laissa tomber sur l'un des canapés, les jambes repliées sous elle.

— Ce que j'ai fait ? dit-elle, l'air soudain sérieuse. Laisse-moi d'abord te demander ce que tu as fait, *toi*.

C'était du marchandage, mais Nico décida de faire avec. Pour le moment.

— Je te l'ai dit, j'étais hospitalisé.

— Oui, mais...

Elle secoua la tête.

— On m'a dit que l'avion s'était abîmé en plein océan. Comment as-tu fait pour survivre jusqu'à l'arrivée des secours ? Le choc a dû être terrible.

— En fait, je ne m'en souviens pas.

Nico baissa les yeux, gêné de reconnaître ces « failles » dans sa mémoire, qu'il considérait comme une faiblesse.

Emma le scruta plus attentivement.

— Tu ne te souviens de rien ?

— Non, confirma-t-il en s'asseyant sur le canapé, les mains posées sur ses cuisses. Je ne me souviens même pas être monté dans l'avion. C'est le noir le plus total. La dernière chose dont je me souviens clairement, c'est de t'avoir embrassée... juste avant de partir. Apparemment, il semble que ce soit courant. Le cerveau bloque les souvenirs traumatisants dans ce type d'accident.

Il haussa vaguement les épaules.

— C'est ce que disent les médecins.

Le regard attentif d'Emma posé sur lui s'adoucit, éveillant en lui ce besoin plus profond que du désir, ce sentiment qu'aucune autre femme n'avait provoqué avant elle. Immobilisé sur un lit d'hôpital avec pour unique souvenir celui d'Emma, le seul auquel se raccrocher, il s'était convaincu que c'était de l'amour. Et que ce fût ou non une illusion n'avait alors pas d'importance. Mais plus maintenant. L'amour n'entrerait pas en ligne de compte dans leur avenir. Sous quelque forme que ce soit. Il avait compris la leçon.

— Tout ce dont je me souviens, c'est d'avoir rouvert les yeux à l'hôpital, reprit-il d'une voix neutre. J'étais resté deux semaines dans le coma et je ne savais pas où j'étais, ni qui j'étais. C'était le vide absolu dans ma tête. J'étais complètement perdu.

— J'imagine, murmura Emma. Au bout de combien de temps as-tu retrouvé la mémoire ?

Nico poussa un soupir.

— Difficile à dire. Des bribes de souvenirs revenaient, petit bout par petit bout, dans le désordre. Des images apparaissaient et disparaissaient dans mon esprit, mais je ne savais pas comment les assembler pour obtenir l'image complète. Au début, j'étais incapable de me concentrer. Puis j'ai repris des forces et j'ai commencé à me rappeler des événements, des personnes. J'ai fini par pouvoir contacter Antonio.

Son cousin n'avait pas sauté de joie en l'entendant. Normal. Il était sur le point de le remplacer à la tête de Santini Enterprises. Le retour du P-DG que tout le monde croyait mort avait dû être une sacrée déception.

— C'est de lui dont tu t'es souvenu en premier ? demanda Emma.

Non. Son premier souvenir, c'était Emma... Emma, le matin de son départ aux Maldives. Emma lui tendant ses lèvres, ses boucles ébouriffées formant un halo d'or autour de son visage. Emma et son sourire malicieux.

— Oui, je me suis d'abord souvenu d'Antonio et de mon père, mentit Nico.

Il avait en effet fini par se souvenir de son père – leur dernière conversation, quand l'homme auprès duquel il avait grandi l'avait regardé froidement, avant de lui tourner le dos en signe de rejet clair et définitif. En public, Nico serait son fils, mais plus jamais en privé. Allongé sur son lit d'hôpital, le souvenir l'avait transpercé, lacérant sa conscience, lacérant son cœur. Il s'était alors aussi souvenu pourquoi il s'était écarté de sa famille pour tomber dans les bras d'Emma.

— Et moi ? demanda-t-elle prudemment en baissant les yeux. Tu... tu te souvenais de moi ?

Nico détourna la tête. Sa mâchoire se crispa.

— Oui, réussit-il à répondre d'une voix tendue.

Oui, je me souvenais de toi. Je me souvenais de la couleur exacte de tes yeux, des paillettes qui y dansaient quand tu souriais. Je me souvenais de chaque parcelle de ton corps, de tes seins dans mes mains. De tes petits rires quand je semais une pluie de baisers le long de tes jambes et de ton ventre, transformant tes rires en soupirs, puis en gémissements... Je me souvenais de tout.

Il déglutit et força son esprit à sortir du piège du passé.

— Tu as totalement retrouvé la mémoire, à présent ? questionna Emma, l'air soudain plus méfiante que compatissante. Je veux dire, en dehors de l'accident lui-même, tu n'as plus de trous de mémoire ?

— Non. Je ne crois pas. Il est difficile de savoir ce dont on ne peut pas se souvenir, si on ne se souvient pas.

Il avait parfois la désagréable impression que quelque chose d'important lui échappait, mais d'après les médecins, c'était normal dans les cas d'amnésie. Il avait donc appris à se concentrer sur ce dont il se souvenait, sur les souvenirs heureux... sur Emma. Jusqu'à ce qu'il découvre que c'était elle qui l'avait oublié.

— Tu as dû vivre des moments très durs, dit-elle doucement.

Il hocha la tête avec raideur et la regarda de nouveau. Elle avait les joues encore roses de la chaleur du bain. Le peignoir avait légèrement glissé, dévoilant une épaule satinée. Elle était ravissante et il ne pouvait nier à quel point il la désirait encore aujourd'hui. Son sang bouillonnait, ses doigts le démangeaient. Il mourait d'envie de l'attirer contre lui, sur ses genoux, ses lèvres contre les siennes... Ils pourraient tout effacer, revenir en arrière quand tout était si simple entre eux, chacun jouant du corps de l'autre pour le faire vibrer de plaisir.

Il inspira profondément.

— À ton tour, Emma. Raconte-moi ce qu'il s'est passé après l'annonce de ma disparition ? Qu'as-tu fait ?

Elle haussa les épaules.

— Comme tu le sais, j'ai quitté Rome.

— Oui, mais pourquoi ?

Il inclina la tête, attentif. C'était peut-être là, le nœud du problème, le truc qu'il ne comprenait pas.

— Pourquoi n'es-tu pas restée ? Même si nous n'étions pas mariés depuis longtemps, ma famille aurait pourvu à tes besoins.

— Certainement pas, déclara posément Emma. Je ne leur ai rien demandé, mais le message était suffisamment clair.

Nico fronça les sourcils.

— Antonio t'a donné cinq mille dollars.

— C'est exact. Je les ai pris parce que je n'avais pas un sou en poche et que j'étais désespérée. Je n'ai pas honte de le dire.

Elle redressa le menton.

— Mais c'est toute l'aide que j'ai reçue, Nico. Ils ne m'ont pas proposé de rester.

Elle s'interrompit comme si elle s'apprêtait à dire quelque chose, puis y renonçait.

— Je peux difficilement le leur reprocher. Après tout, ils ne me connaissaient pas. Et j'ai pris l'argent qu'Antonio me tendait, confirmant, j'imagine, ce qu'il pensait de moi.

Nico était surpris. Ce n'était pas ainsi qu'Antonio lui avait présenté les choses. Selon lui, Emma avait insisté pour partir. Elle avait réclamé de l'argent et filé comme une voleuse. Qui devait-il croire ?

À en juger par l'amertume sur le visage d'Emma, il aurait eu tendance à croire sa version, même si une part de lui-même s'y refusait, car cela en disait long sur sa famille. Il n'y aurait cependant rien d'étonnant, s'il songeait à l'intransigeance de son père et au cynisme de son cousin.

— D'après Antonio, tu avais hâte de partir.

— C'est vrai, reconnut Emma en détournant la tête comme pour masquer son expression. Il était clair que ta famille ne voulait pas de moi, alors j'ai préféré débarrasser le plancher au plus vite.

Nico se renversa contre le dossier du canapé, l'esprit en ébullition. C'était une histoire radicalement différente de celle qu'on lui avait servie. Une histoire somme toute logique. Pourquoi son père se serait-il soucié d'Emma, alors qu'il ne s'était jamais soucié de son propre fils ? Il y avait aussi les paroles blessantes d'Antonio quand Nico lui avait annoncé qu'il allait épouser Emma.

« Garde cette fille comme maîtresse, bon sang ! Mais n'en fais pas ton épouse ! »

— Tu me crois ? demanda Emma.

— Oui, répondit Nico, touché par la note de vulnérabilité dans sa voix. Je te crois.

La situation lui apparaissait soudain sous un jour nouveau. Si Emma était partie parce qu'elle n'était pas la bienvenue dans la famille de son époux porté disparu, si elle avait découvert qu'elle était enceinte et sans ressources, et si Will avait offert de l'épouser et de subvenir à ses besoins... pourquoi aurait-elle refusé ?

Avait-il le droit de la juger ? Avait-il le droit de lui en vouloir ?

— Nico... À quoi tu penses ?

Je me dis que j'aimerais que les choses soient plus simples, plus faciles à comprendre, mais elles ne le sont jamais. J'aimerais te croire, mais je ne peux pas parce que j'ai appris à ne plus croire en personne.

Sa mère lui avait menti. Son père l'avait rejeté. Et il y avait un bout de temps qu'Antonio qu'il considérait pourtant comme un frère ne dissimulait plus sa rancœur et sa jalousie à son égard.

— Je suis navré que cela se soit passé ainsi, déclara-t-il d'un ton brusque pour dissimuler son émotion. Je n'aurais jamais voulu que tu sois jetée dehors, sans argent et sans aide.

Emma baissa les yeux. Une mèche blonde retomba sur son visage, dissimulant une fois de plus son expression.

— Je n'en veux pas à ton cousin. Il ne me connaissait pas. Toi non plus, d'ailleurs, ajouta-t-elle en relevant la tête, une pointe de défi dans le regard.

— C'est vrai, opina Nico. Il n'empêche qu'il n'aurait pas dû te traiter de cette façon.

Elle haussa les épaules et réussit à lui offrir l'un de ses sourires insouciants.

— Hé, cinq mille dollars, ce n'est pas rien ! J'ai pu m'acheter un vol sur Los Angeles en classe éco et de quoi me nourrir et me loger pendant deux mois en attendant de décrocher un job pour pouvoir retomber sur mes pieds.

C'était sans doute à ce moment-là, quand elle s'était retrouvée à court de ressources, qu'elle avait rencontré Will.

Tout prenait sens.

Et Nico commençait à croire son épouse.

7

Encore endormie, Emma s'enfonça plus profondément sous la couette, appréciant son moelleux. Les yeux fermés, elle s'étira telle une chatte – et rencontra un torse dur. Un torse dur et chaud, aux muscles tendus sous sa paume.

Elle aurait dû retirer sa main. Même à moitié endormie, elle aurait dû retirer sa main. Elle aurait dû bondir hors du lit et reprendre le contrôle de la situation. Mais elle ne le fit pas. Incapable de s'arracher à son état de bienheureuse torpeur, elle savoura le contact sous ses doigts des pectoraux fermes et du fin duvet qui les couvrait.

Une main virile captura brusquement la sienne. Pour l'immobiliser ou pour la garder là, elle n'en savait rien. Les yeux toujours fermés, elle se blottit instinctivement dans la chaleur du corps près d'elle. La seconde suivante, la main qui tenait la sienne glissait jusqu'à sa taille, puis sous son T-shirt, douce et caressante, éveillant son désir. Comme mues par une volonté propre, les hanches d'Emma vinrent au contact d'une certaine partie de l'anatomie de Nico, s'y ajustèrent.

Soudain traversée par une vague de plaisir brûlante, Emma ouvrit grand les yeux. *Maintenant,* elle était réveillée. Parfaitement réveillée. Mais le désir balayant toute pensée rationnelle, toute peur, elle se plaqua contre Nico, moulant son corps au sien. Peu importaient les conséquences. Le contact de sa virilité brûlante entre ses cuisses éveillait en elle une passion qui la faisait trembler de la tête aux pieds.

Nico laissa échapper un grognement et resserra l'étreinte de ses doigts sur les hanches d'Emma pour la presser contre son ventre, tandis que sa bouche emprisonnait la sienne pour un baiser ravageur et lui rappeler combien le désir avait été explosif entre eux. Un désir enivrant et sauvage. Ses mains étaient partout à la fois, sa bouche pillait la sienne, exigeante. Emma agrippa ses épaules, s'y ancra, emportée par le torrent de sensations quand il glissa un doigt en elle pour la caresser avec cette connaissance intime de son corps qui la faisait mourir de plaisir. Oui, elle avait oublié combien c'était merveilleux entre eux. Avec lui, elle se sentait vivante.

Et Nico devait éprouver la même émotion. Son souffle était rauque et rapide, ses mains avides, son corps impatient de se presser contre sa peau, autant qu'elle avait envie de sentir sa virilité combler ce vide en elle...

Un sursaut de lucidité vint brutalement réveiller sa volonté égarée.

— Attends !

Emma lâcha les épaules de Nico et posa les mains sur son torse pour le repousser. Il s'immobilisa instantanément, son corps toujours plaqué contre le sien, sa *main*...

— Pourquoi ? souffla-t-il contre ses lèvres avec un grognement de frustration.

— Il ne faut pas, murmura-t-elle, le corps parcouru de soubresauts de désir.

Sois raisonnable, Emma. Fais attention à toi.

— Désolée, mais je ne peux pas... je ne suis pas prête.

Elle était pourtant plus que prête à passer la vitesse supérieure. Elle en mourait d'envie. Mais si elle se donnait à lui, elle perdrait la tête et se rendrait encore plus vulnérable qu'elle ne l'était déjà.

Elle devait d'abord réfléchir à leur avenir avant de laisser à Nico une place dans son cœur.

Lentement, Nico s'écarta.

— Excuse-moi, dit-il en se redressant en position assise.

— C'est moi qui m'excuse, marmonna-t-elle.

Elle s'adossa aux oreillers, les yeux fermés.

Son cœur cognait, son corps grésillait de désir inassouvi. Jouer les prudes alors qu'elle était enceinte de lui, n'était-ce pas ridicule ?

Non, ce serait trop dangereux. Elle se sentait déjà si fragile qu'elle ne pouvait prendre le risque de s'abandonner à des émotions trop intenses pour pouvoir être contrôlées.

— Je ne voulais pas, murmura-t-elle. Je ne l'ai pas fait exprès, c'est arrivé comme ça.

— Je sais.

Il n'avait pas l'air furieux.

Emma ouvrit un œil.

Nico lui sourit, une lueur moqueuse dans le regard. Alors, ce fut plus fort qu'elle, elle éclata de rire. Le Nico espiègle était tellement plus agréable que l'homme en colère et autoritaire.

— Allez, viens, dit-il en la tirant par la main. Nous avons rendez-vous chez le médecin, ce matin.

— Quoi ?

La veille, après leur discussion, elle s'était effondrée sur le lit, terrassée par la fatigue, à tel point qu'elle n'avait pas entendu Nico se coucher à côté d'elle.

— J'ai pris rendez-vous avec une obstétricienne, hier soir.

Il sortit du lit, vêtu en tout et pour tout d'un caleçon de soie bleu marine, stupéfiant de beauté avec ses épaules larges, ses hanches minces et ses longues jambes musclées. Emma mourait d'envie de le caresser, de l'embrasser...

Arrête, Emma !

— J'ai passé une échographie, il y a deux semaines, dit-elle. Tout était normal. Je n'ai pas besoin d'un autre examen.

— Je préfère m'en assurer, décréta Nico en se dirigeant vers la salle de bains. Il y a aussi la question du test de paternité.

Les derniers mots claquèrent comme une gifle.

Emma le regarda refermer la porte de la salle de bains derrière lui.

Il ne la croyait donc toujours pas. Il l'imaginait capable de mentir, même sur un sujet aussi important.

Elle n'aurait pas dû se sentir blessée par sa réaction. Après tout, il avait le droit de vouloir s'assurer que cet enfant était bien le sien.

Elle aussi ne faisait confiance à personne. Une vie entière passée sur la touche lui avait appris à rester méfiante, à ne pas s'attacher, à ne pas aimer et à ne pas essayer de se faire aimer. Elle avait six mois quand la protection de l'enfance l'avait retirée à sa mère. Il y avait ensuite eu la longue série de familles d'accueil. Certaines avaient été gentilles, d'autres moins et quelques-unes carrément cruelles. Mais aucune n'avait voulu d'elle. Pas une seule n'avait accepté de la garder. Même pas celle dont elle se croyait aimée.

« Emma ? Il n'en est pas question. »

Elle n'oublierait jamais ces paroles, celles de la femme à laquelle elle s'était attachée. Elle n'oublierait jamais son ton catégorique. Cachée dans l'escalier, Emma avait attendu cet appel téléphonique de l'assistante sociale, persuadée qu'elle allait enfin entendre les mots dont elle rêvait : « Adopter Emma ? Mais oui. Bien sûr. »

Elle venait d'avoir treize ans, ce jour-là... Et elle avait décidé de ne plus jamais croire en personne.

Travailler dur, ne jamais se plaindre, être drôle, et faire semblant de se moquer de tout.

Elle s'était juré de ne plus jamais laisser personne s'introduire dans son cœur.

Alors, pas question aujourd'hui de laisser Nico Santini percer à nouveau ses défenses. Même si elle portait son enfant.

Oui, c'était une bonne chose qu'ils ne soient pas allés plus loin, ce matin. Et ils n'iraient pas plus loin tant qu'elle ne saurait pas comment se sortir de cette situation. Malheureusement, une nuit de sommeil ne lui avait pas apporté la solution.

Nico émergea de la salle de bains, encore mouillé, une serviette autour des reins.

La bouche sèche, Emma le regarda fouiller dans une valise ouverte sur le rack à bagages. Comme il laissait tomber la serviette, elle s'empressa de détourner les yeux.

— Nico, protesta-t-elle faiblement.

— Quoi ? fit-il en enfilant un caleçon. Ce n'est pas comme si tu ne m'avais jamais vu nu avant. Et nous sommes mariés.

— Peut-être, mais pas comme ça, rétorqua Emma, déterminée à ne pas le laisser semer la zizanie dans son esprit avec son corps d'apollon.

— Presque comme *ça*, objecta Nico d'une voix basse et suggestive qui la fit rougir.

Il enfila une chemise bleue.

— Tu sais très bien ce que je veux dire, marmonna Emma en ramenant ses genoux contre sa poitrine pour étouffer les battements de son cœur. D'ailleurs, je pensais que tu dormirais sur l'un des canapés.

— Ils ne sont pas confortables et le lit est suffisamment grand pour deux, répliqua Nico en se tournant vers elle pour boutonner sa chemise.

— Pas si grand que ça. Sérieusement, Nico... Nous devons nous mettre d'accord sur ce qui va se passer maintenant.

Il haussa les sourcils tout en tirant sur les poignets de sa chemise.

— Cela me semble pourtant simple. Tu es ma femme, je suis ton mari et ça..., ajouta-t-il avec un mouvement du menton vers son ventre, c'est notre enfant.

— Tu n'en es pas si sûr puisque tu demandes un test de paternité.

Il la dévisagea, l'air étonné.

— C'est normal, Emma. Il faut que je sois certain.

Elle baissa les yeux.

Parce qu'il ne te fait pas confiance.

Et toi non plus, tu ne lui fais pas confiance.

— Tu le comprends certainement, n'est-ce pas ? insista Nico d'une voix désespérément raisonnable.

Évidemment qu'elle comprenait. N'empêche que ça lui faisait de la peine et que ça l'amenait à se demander si leur mariage avait la moindre chance de fonctionner. Sans confiance, vivre en couple n'avait aucun sens. Et fonder une famille, encore moins. Qu'espérait Nico – qu'elle donne le jour à son enfant et se contente de réchauffer son lit ?

Serait-ce si difficile ?

Par nécessité, Emma était du genre pragmatique. Elle savait que Nico subviendrait à ses besoins et qu'elle pourrait enfin vivre sans la peur du lendemain, sans se demander si elle aurait un toit sur la tête et de quoi se nourrir. Elle n'avait pas besoin d'être aimée, elle avait choisi de ne pas l'être. Mais leur enfant, c'était différent... Que se passerait-il si Nico n'était pas capable de l'aimer ? Avait-elle le droit de faire courir un tel risque à ce petit être qui grandissait en elle ?

Avait-elle le choix ?

Nico se demandait ce qui chagrinait Emma tandis qu'ils se rendaient dans une clinique privée de Beverley Hills. Il lui jeta un coup d'œil, notant son maintien rigide, ses lèvres pincées et son regard ostensiblement distant. Elle faisait la tête depuis qu'ils s'étaient réveillés. Pourtant... quel réveil ! Sans le vouloir, ils avaient tous deux succombé aux affres de la passion avant d'ouvrir grand les yeux.

Ça ne le gênait pas du tout, mais c'était peut-être différent pour Emma. Peut-être regrettait-elle. À moins qu'elle ne lui en veuille pour cette consultation médicale. Elle avait eu l'air surprise et même blessée qu'il ait pris cette initiative. Elle comprenait certainement la nécessité d'un test de paternité. Ce n'était qu'une sage précaution. Certes, cela pouvait passer pour un manque de confiance de sa part, mais, pas plus tard que la veille, elle s'apprêtait tout de même à épouser un autre homme. Et, compte tenu de ce qu'il avait lui-même vécu avec ses propres parents, il était normal qu'il réclame ce test de paternité.

Il lui glissa un nouveau coup d'œil. Elle se tenait droite comme un piquet, l'air résigné. Il détestait la voir ainsi. Il préférait l'entendre rire, blaguer, discutailler avec son impertinence habituelle. Mais depuis qu'il lui avait annoncé qu'ils allaient chez le médecin, tout ce qu'il avait réussi à lui arracher, c'était des monosyllabes.

Il détourna la tête.

Ces dernières heures lui avaient permis de clarifier les choses dans son esprit. À supposer que le bébé soit de lui – et même s'il ne l'était pas – il savait à présent qu'il voulait garder Emma pour épouse. Le désir entre eux était trop puissant pour être ignoré. Et même quand Emma l'exaspérait – comme en ce moment – elle le faisait sourire. Il appréciait sa présence. Autant de raisons suffisantes pour faire d'elle une bonne épouse et fonder une famille. Cette fois, il ne se bercerait pas d'illusions amoureuses. Il profiterait de tous les autres avantages de leur union. Emma y trouverait son compte elle aussi. Pour assurer sa sécurité matérielle, elle avait été prête à s'engager dans une vie de couple avec ce Will Trent, alors pourquoi pas avec lui ? Il lui offrait un bien meilleur marché. Elle n'avait aucune raison de lui faire la tête.

Mais peut-être n'avait-elle pas conscience de tout ce qu'il pourrait lui offrir. Elle ne lui avait pas dit grand-chose de son enfance, mais il était clair qu'elle n'avait pas de famille et qu'elle vivait dans la précarité quand leurs chemins s'étaient croisés. Il avait eu envie de la choyer, et encore plus maintenant. Il était impatient de lui donner tout ce qu'elle n'avait jamais eu. Simplement, elle ne le savait pas encore et il avait hâte de le lui dire.

Nico posa une main sur ses reins pour la pousser à l'intérieur de la salle d'attente après avoir donné leurs noms à la réceptionniste. L'air toujours aussi fermé qu'une huître, les bras enroulés autour de sa taille, Emma s'assit, persistant à éviter son regard.

Quelques minutes plus tard, ils furent appelés, et Nico l'accompagna jusqu'à la salle d'examen. Le médecin, une femme aux cheveux grisonnants, les reçut avec un sourire.

— Signora Santini, que puis-je pour vous ?
Emma glissa un regard incertain à Nico avant de marmonner :
— Je viens pour une visite de contrôle.
— Et un test de paternité, ajouta Nico.

Il eut soudain l'impression d'une chute de température brutale dans la pièce. Emma fixait ses genoux, et l'obstétricienne posa sur Nico un regard réfrigérant.

— Je vois.
— C'est possible, n'est-ce pas ? crut-il bon d'insister. La réceptionniste m'a certifié...
— C'est possible, coupa la femme d'une voix aussi polaire

que son regard. Et maintenant, si ça ne vous ennuie pas, je vais examiner votre épouse. En privé.

— Mais...

Elle lui désigna la porte.

— Vous pouvez attendre dans le couloir. Merci, *signor*.

Déconcerté, Nico la dévisagea avant de réaliser qu'il n'avait pas le choix.

— Très bien, marmonna-t-il en jetant un coup d'œil à Emma, toujours aussi déterminée à ne pas le regarder.

Il quitta la pièce et se mit à faire les cent pas dans le couloir, furieux d'avoir été écarté de la consultation dont l'unique but était pour lui d'établir une relation de confiance avec Emma et de s'impliquer davantage dans sa grossesse. Au lieu de ça, il avait été mis à la porte comme s'il n'aurait pas dû être là.

D'accord, c'étaient des affaires de femmes et Emma n'avait peut-être pas envie qu'il assiste à l'examen gynécologique. Mais il détestait être mis sur la touche. Et il était furieux d'être tenu dans l'ignorance.

Sa colère était intacte quand une demi-heure plus tard Emma le rejoignit, l'air pâle, toujours aussi fermée et distante.

— Alors ? demanda-t-il.

Elle haussa les épaules et détourna les yeux.

— Les résultats des tests seront disponibles dès demain, intervint la gynécologue. Votre épouse m'a autorisée à partager son dossier médical avec vous. Je vous communiquerai par e-mail le compte rendu des analyses de sang. Et du test de paternité, bien sûr.

Nico aurait dû se sentir satisfait, mais il ne pouvait se défaire de la désagréable impression d'avoir commis une erreur.

— Merci, dit-il entre ses dents.

Après quoi, prenant le bras d'Emma, il l'entraîna dehors, vers la voiture qui les attendait.

8

L'humiliation avait été totale. Mortifiée, Emma se retrancha sur la banquette arrière aussi loin que possible de Nico, la tête tournée vers la fenêtre, incapable de le regarder.

— J'ai réservé une table chez Ivy pour le déjeuner, lui dit-il quand la voiture démarra.

— Je préfère retourner à l'hôtel.

— Il faut que tu manges.

Emma ravala un soupir. Il n'avait pas tort. La doctoresse s'était en effet inquiétée de son poids bien inférieur à ce qu'il aurait dû être à ce stade de la grossesse. « Pensez au bébé », lui avait-elle dit. Et pendant quelques secondes Emma avait été partagée entre fondre en larmes ou éclater d'un rire hystérique. *J'y pense. Croyez-moi, je ne fais que ça. Y penser.*

— Tu n'auras qu'à faire monter un plateau-repas dans la chambre et me regarder manger, si c'est ça qui t'inquiète. Inutile d'aller parader dans un restaurant.

— Parader ? répéta Nico, amusé.

Emma se contenta de hausser les épaules, toujours sans le regarder.

— J'avais aussi pensé que nous pourrions aller faire un peu de shopping, reprit-il. Te refaire une garde-robe. Tu n'as pas grand-chose dans ta valise.

— Ça me suffit.

Il avait envoyé quelqu'un chercher ses affaires chez Will – deux jeans et quelques T-shirts.

— Qu'as-tu fait des tenues achetées à Rome ? questionna-t-il.

Avant l'accident, il l'avait emmenée faire les boutiques. Avec prudence et parcimonie, Emma avait choisi quelques vêtements, l'air réticente à puiser dans son portefeuille.

— Je les ai laissées à Rome, dit-elle, le regard toujours tourné vers la fenêtre. Je n'ai pas pu les emporter.

— À cause d'Antonio ? demanda Nico.

Il y avait de la colère dans sa voix. Mais, cette fois, cette colère n'était pas dirigée contre Emma.

— Un peu, oui... Il m'a montré la porte et ne m'a pas laissé la possibilité de récupérer quoi que ce soit.

Il y eut un moment de silence.

— Navré que ça se soit passé ainsi, dit Nico d'un ton cassant. Raison de plus pour refaire ta garde-robe.

Il essayait d'adopter le ton calme de quelqu'un désireux de se montrer patient, mais sa patience avait été mise à rude épreuve tout le matin.

— Plus tard, peut-être, insista-t-elle. Pas besoin de m'acheter des vêtements si le bébé n'est pas de toi. Et comme nous ne le saurons pas avant demain.

Elle se tourna vers lui et lui décocha un sourire mielleux.

— Mieux vaut attendre, tu ne crois pas ?

Nico lâcha un soupir exaspéré et plissa les yeux.

— C'est pour ça que tu boudes ?

Emma se raidit.

— Je ne boude pas.

— Tu es agacée, alors. Contrariée, si tu préfères, répliqua sèchement Nico. Je te l'ai dit, le test de paternité, c'est par simple précaution. Nous aurons les résultats dans vingt-quatre heures. Entretemps...

— Je peux très bien attendre jusque-là pour renouveler

ma garde-robe, trancha-t-elle en détournant de nouveau la tête pour cacher ses larmes.

— Emma...

— S'il te plaît, Nico. N'insiste pas.

Elle ne supporterait pas de discuter davantage, alors que ses émotions étaient à vif.

Elle venait de vivre des moments atroces, entre Nico qui demandait un test de paternité et l'obstétricienne qui lui avait posé toutes sortes de questions intimes, y compris sur les aspects les plus horribles de son enfance, lui donnant l'impression d'être une bête de foire. Alors, la dernière chose dont elle avait envie, c'était de déjeuner et d'aller papillonner de boutique en boutique comme la croqueuse de diamants que Nico semblait croire qu'elle était.

— Ramène-moi à l'hôtel, s'il te plaît.

Cette fois, il ne discuta pas. Il tapa contre la vitre de séparation et ordonna au chauffeur de faire demi-tour.

Le reste du trajet se déroula dans un silence pesant.

Emma descendit de voiture dès que le chauffeur s'arrêta devant l'entrée de l'hôtel. Elle franchit les portes sans attendre Nico. Tout ce qu'elle voulait, c'était se barricader dans la chambre ou ailleurs, là où elle pourrait être seule. Malheureusement, c'était Nico qui avait la carte d'accès à l'ascenseur et elle n'eut d'autre choix que de l'attendre, pestant en son for intérieur, tandis qu'il arrivait sans se presser.

— Ta petite crise de nerfs est totalement déplacée, observa-t-il, visiblement irrité.

Emma fit volte-face, les poings serrés, prête à le frapper – ou à fondre en larmes, peut-être.

— Ma petite crise de nerfs ? Tu ne m'as pas assez humiliée, aujourd'hui ? Tu as un quota à remplir ?

Mais la fêlure dans sa voix prit le pas sur la colère. Et l'expression de Nico passa de l'irritation à la confusion, avant qu'elle n'ait eu le temps de détourner la tête en battant des cils pour retenir ses larmes. Maudites hormones ! C'était forcément leur faute, car d'habitude elle était plus résistante, plus dure. Il le fallait.

Elle s'engouffra dans l'ascenseur dès que les portes s'ouvrirent. Nico resta silencieux, tandis que les dix-huit étages défilaient. Une éternité.

Quand l'ascenseur arriva enfin à destination, Emma se précipita dans la suite pour s'enfermer n'importe où et pouvoir laisser libre cours à ses larmes. Des larmes impossibles à contenir, et pas seulement à cause des hormones.

— Emma.

Nico avait prononcé son nom d'une voix douce, ce qui n'arrangeait rien.

— S'il te plaît, murmura-t-elle, incapable de prononcer un mot de plus.

— Dis-moi ce qui ne va pas, insista calmement Nico. Je t'ai contrariée, j'en suis conscient. Je veux savoir pourquoi.

— Si tu ne comprends pas, c'est que tu es idiot, répliqua Emma d'une voix étouffée par l'effort qu'elle faisait pour retenir ses larmes.

Une larme roula sur sa joue qu'elle essuya discrètement.

— Dans ce cas, je suis idiot. J'ai besoin que tu m'expliques.

Le ton était doux, mais ne tolérait aucune objection. Et Emma n'avait pas la force de batailler.

— Très bien. Je vais t'expliquer.

Elle alla se recroqueviller sur l'un des canapés, laissant ses cheveux retomber pour cacher son visage. Il lui fallait une armure.

Nico la contempla.

— Je commande d'abord de quoi déjeuner.

Il lui tendit la carte des plats, l'obligeant à relever la tête.

— Tu ne choisis pas pour moi ? ne put-elle s'empêcher de le narguer.

Ce n'était sans doute pas le moment de se montrer mesquine, mais Nico était si arrogant. Si autoritaire. Le mois durant lequel elle avait eu l'impression de vivre un conte de fées, elle l'avait plus ou moins supporté. Mais serait-elle capable de le supporter le restant de ses jours ?

— Je crois que c'est à toi de choisir ce que tu veux manger.

Il sourit et Emma se calma un peu. De toute évidence, il commençait à apprendre. Il n'était pas interdit d'espérer qu'il puisse changer un brin.

— Je prendrai une salade.

Elle rendit la carte à Nico qui passa aussitôt commande et ajouta un steak pour lui.

Après quoi, il prit place dans le fauteuil face à elle, l'air attentif, ses yeux verts rivés sur elle.

Même en cet instant, elle ne pouvait s'empêcher d'admirer sa beauté. Ses pommettes saillantes dans son visage au teint mat, son nez fin et aristocratique, ses lèvres divinement sculptées, sa mâchoire carrée et volontaire...

Ne te laisse pas distraire, Emma. Reste concentrée.

— Bien, dit-il. Et maintenant, explique-moi ce qui t'a contrariée ?

Emma inspira profondément et leva la tête au plafond, car le regarder était au-dessus de ses forces et cela éviterait peut-être que les larmes glissent sur ses joues.

— Nico, commença-t-elle, s'efforçant de maîtriser les sanglots qui enflaient dans sa gorge. Peux-tu imaginer à quel point c'est humiliant d'entendre le père de ton enfant demander au médecin un test de paternité ? Parce qu'il croit bien sûr que tu as couché avec quelqu'un d'autre. Et c'était tout aussi humiliant, crois-moi, de subir ensuite un véritable interrogatoire pour savoir si je n'avais pas été forcée de t'épouser, si je n'avais pas été violée ou maltraitée.

Il y avait aussi eu les questions à propos de son enfance, des signes de malnutrition qu'elle présentait encore et des fractures qui n'avaient pas été soignées. Emma avait succinctement et pudiquement expliqué qu'elle avait été placée dans des familles d'accueil et que certaines manquaient parfois de bienveillance.

— Alors ? demanda-t-elle comme le silence de Nico s'éternisait.

Elle n'osait le regarder.

— Vu sous cet angle, finit-il par répondre. Il me semble que c'est plus humiliant pour moi que pour toi. Je ne suis pas particulièrement ravi que cette doctoresse ait pu me croire capable de viol ou de maltraitance.

Emma laissa échapper un petit rire sans joie.

— Peut-être, mais c'est moi qui me suis retrouvée sur la sellette à répondre à toutes ses questions, avec l'horrible impression de n'être qu'une traînée qui a perdu le compte de tous les types avec qui elle a couché.

Sans compter la pitié dans les yeux de la femme quand le sujet de son enfance avait été abordé. Une pitié qui l'avait rendue malade de honte. Mais cela, elle n'en parlerait pas.

— Emma, je sais que tu n'es pas une traînée.

— Alors, pourquoi exiger ce test ?

Elle affronta le regard de Nico, la colère empêchant ses larmes de couler.

Il hésita avant de répondre d'une voix prudente :

— Tu étais sur le point d'épouser un autre gars. N'est-il pas compréhensible que je veuille m'assurer que cet enfant est bien de moi ?

— Je t'ai expliqué que nous étions seulement amis. J'étais dans une situation difficile.

— Je sais, soupira Nico en passant une main lasse sur son visage. Je ne pensais pas que mon cousin s'était si mal comporté. Et je ne te juge pas, Emma. Je comprends que tu aies voulu épouser Will.

Il laissa retomber la main de son visage. Il n'avait pas l'air irrité ou agacé. Seulement triste, constata Emma, touchée malgré sa volonté de ne pas se laisser attendrir.

— La vérité, c'est que ce test a plus à voir avec moi qu'avec toi, reprit Nico.

— Comment ça ?

— Il fallait que je sois absolument certain que je suis bien le père de ce bébé parce que...

Il laissa passer un court silence, le temps de prendre une inspiration avant de lâcher :

— Parce que mon père n'était pas certain d'être le mien.

Emma le dévisagea, l'air choqué.

— Je ne l'ai compris que très récemment, précisa Nico sans la regarder. En apprenant comme lui qu'il n'était pas mon père biologique. Mais, comme je viens de te le dire, il avait toujours eu des doutes... et il me l'a fait payer, à sa façon, pendant toute mon enfance.

Nico détourna les yeux du visage sidéré d'Emma. Il aurait préféré ne pas lui en dire autant, mais il n'avait pas eu le choix. Il ne pouvait la laisser croire qu'il avait demandé ce test de paternité uniquement parce qu'il ne lui faisait pas confiance, alors que le problème venait de lui. De son propre vécu qui le conduisait à se méfier de tout et de tous.

— Je ne savais pas, murmura Emma.

— Normal. Je ne te l'avais jamais dit.

— Il y a beaucoup de choses que nous ne nous sommes pas dites.

Nico hocha la tête.

— En un mois, nous n'avons pas vraiment eu le temps

d'apprendre à nous connaître. Tu ne sais pas grand-chose de moi et je ne sais pas grand-chose de toi.

Raison de plus pour demander un test de paternité, mais pas aussi essentielle que celle de ne pas vouloir faire payer ses soupçons à un enfant comme l'avait fait son propre père avec lui.

— Pourquoi ton père avait-il des doutes ? demanda Emma d'une voix hésitante.

— Ma mère avait une liaison à l'époque où j'ai été conçu.

Nico déglutit. Le formuler à haute voix ramenait les souvenirs douloureux, lui rappelait à quel point l'aveu de sa mère sur son lit de mort l'avait anéanti. Elle savait, mais elle s'était tue. Elle n'avait rien dit, rien fait, pour l'aider à comprendre l'absence totale de tendresse et l'éternelle froideur de son père à son égard, son expression pleine de mépris dès qu'il posait les yeux sur lui – son prétendu fils.

— Elle me l'a avoué juste avant de rendre son dernier souffle, se força-t-il à continuer. D'une certaine façon, elle voulait bien faire, mais j'aurais préféré qu'elle ne dise rien, ou qu'elle me l'ait dit bien plus tôt. Je suis allé voir mon père qui a reconnu avoir toujours eu des doutes quant à ma légitimité. J'ai insisté pour que nous fassions un test de paternité. Résultat : je suis le fruit d'un adultère.

Nico lutta pour ne pas fermer les yeux au souvenir atrocement douloureux de l'expression glaciale, pleine de dédain, sur le visage de son père, la façon dont il lui avait tourné le dos, lui signifiant son rejet pur et définitif. « J'ai toujours su que tu n'étais pas mon fils. »

— Je suis désolée, murmura Emma.

Il haussa les épaules d'un geste fataliste.

— Au final, ça n'a pas changé pas grand-chose. J'ai proposé de démissionner de Santini Enterprises et de laisser le poste de P-DG à Antonio, dans la mesure où, contrairement à moi, c'est le sang des Santini qui coule dans ses veines. Mais mon père a refusé. Par orgueil. De peur que les gens jasent sur l'infidélité de son épouse. Cela aurait été trop humiliant pour lui.

— Et sa relation avec toi ? demanda Emma. Elle a changé.

— Pas vraiment. Il avait toujours été distant avec moi, voire totalement absent.

Il s'interrompit, hésitant à en dire plus, puis décida qu'Emma méritait de savoir.

— Gamin, je faisais tout ce que je pouvais pour obtenir son attention, pour gagner son affection, mais ce n'était jamais assez.

Avoir de bonnes notes, un comportement irréprochable, attendre chaque soir le retour de son père à la maison... Puis plus tard, travailler jour et nuit pour se familiariser avec les moindres rouages de Santini Enterprises et faire ses preuves. Sans comprendre que c'était le mythe de Sisyphe. Sans comprendre qu'il aurait beau faire, son père ne l'aimerait jamais.

— Il y a longtemps que j'ai arrêté.

Pas si longtemps que ça, en réalité. Et même après avoir arrêté, il n'avait pu se défaire du sentiment de ne pas être assez bien pour son père, de ne pas être digne de son amour. Mais à présent, il savait pourquoi l'homme qu'il avait tant vénéré ne l'aimait pas. C'était toujours mieux que de passer son temps à se questionner et à essayer de lui plaire encore et encore. En vain.

— Et ton cousin ? hasarda Emma. Quelle est votre relation ?

— Enfants, nous étions très proches. Tous les deux fils uniques, nous avons été élevés comme deux frères. Antonio a perdu sa maman, la sœur de mon père, quand il avait douze ans. Il est alors venu s'installer chez nous.

Son père n'avait jamais dissimulé sa préférence pour son neveu. Maintenant, Nico savait aussi pourquoi. Le sang des Santini coulait dans les veines d'Antonio, pas dans les siennes.

— Plus tard, la vie nous a séparés. Notre relation s'est tendue après ma nomination au poste de P-DG.

Il se tourna vers Emma qui le regardait, les bras enroulés autour de ses genoux.

— Pourquoi cette question ?

Elle se mordit la lèvre, comme si elle voulait dire plus, mais n'osait pas.

— C'est...

Nico éprouva ce sentiment de malaise désormais familier quand il essayait de se remémorer quelque chose qui lui échappait. Était-ce à propos d'Emma ? *Emma et Antonio ?* Mais elle ne l'avait rencontré qu'après sa disparition présumée et Antonio l'avait mise à la porte. Alors, pourquoi ce trouble étrange ? Qu'avait-il oublié ?

— Emma, qu'y a-t-il ?

Elle baissa les yeux avec un soupir et posa son front sur ses genoux.

— Il s'agit d'Antonio...

Nico sentit son cœur rater un battement.

— Il s'est passé quelque chose entre vous ? questionna-t-il d'une voix dure pour masquer sa peur.

Emma releva brusquement la tête.

— Tu n'imagines tout de même pas qu'il y a eu quoi que ce soit entre ton cousin et moi ? Parce que si c'est le cas, je vais finir par croire que l'accident t'a rendu paranoïaque.

Nico réussit à émettre un petit rire.

— D'accord. Qu'est-ce qu'il a fait ?

Emma prit une grande inspiration comme quand on se jette à l'eau.

— Après le service funèbre, il m'a dit qu'il ne voulait plus me voir tourner autour des Santini parce que juste avant ton départ aux Maldives, tu lui avais confié que tu ne voulais déjà plus de moi et que tu comptais demander le divorce. Il m'a alors conseillé de prendre l'argent qu'il m'offrait et de disparaître.

— Quoi ? s'exclama Nico, médusé. Il t'a dit que je ne voulais plus de toi, et tu l'as cru ?

— J'avais toutes les raisons de le croire. Nous n'avions été mariés qu'une semaine. Tu l'avais passée à travailler au siège de l'entreprise, et moi enfermée dans ton appartement. Tu n'avais pas annoncé notre mariage et tu ne m'avais présentée à personne.

Nico fronça les sourcils.

— Mais c'était le début...

— Je pensais que tu avais honte de moi. Je n'étais pas de ton monde et tu m'avais demandé en mariage si vite... Peut-être regrettais-tu d'avoir pris cette décision sur un coup de tête.

Nico secoua la tête.

— Je ne me souviens pas de tout, mais je suis certain de ne jamais avoir eu l'intention de demander le divorce.

— Mais tu regrettais de m'avoir épousée ? Tu peux me le dire, je ne t'en voudrais pas, Nico.

Il s'obligea à inspirer profondément et passa la main sur ses yeux. Le sang battait à ses tempes, annonciateur d'une migraine.

— Je ne me rappelle pas exactement ce que je pensais avant de partir aux Maldives, reconnut-il.

— Il est donc possible que tu aies songé au divorce.

— Je suis certain que non.

— Comment peux-tu être certain, si tu ne te souviens pas ?

— Parce que quand je suis sorti du coma, la première image qui m'est venue à l'esprit, la première personne dont je me suis souvenue... c'était toi.

Il détourna la tête, gêné.

Comme Emma restait silencieuse, il reporta de nouveau son attention sur elle, guettant sa réaction.

— Je ne pense pas que cela change grand-chose, finit-elle par dire d'une voix triste. La réalité reste la même. Nous sommes mariés, mais comme tu l'as dit toi-même, tu ne sais pas grand-chose de moi. Tu ne sais pas où j'ai vécu, ce que j'ai fait, ni ce dont je suis capable. Et je ne sais rien de toi non plus. Je peux comprendre que tu ne me fasses pas confiance et que tu veuilles un test de paternité. Mais comprends que c'est difficile aussi pour moi de te croire.

Nico la contempla fixement, transpercé par la sincérité de ses paroles. Il commençait à avoir atrocement mal à la tête, comme souvent depuis l'accident. Et il y avait cet étrange malaise, plus envahissant que jamais. L'impression que tout prendrait sens s'il pouvait juste se souvenir...

Se souvenir de quoi ?

— Nico ?

— Oui, bien sûr, dit-il, s'obligeant à revenir à ce qu'elle avait dit. Il est vrai que notre mariage a été un peu... rapide.

Un sourire flotta sur les lèvres d'Emma, malgré son regard peiné et inquiet.

— Pourquoi m'as-tu épousée si vite ? Pour le peu que je te connais, il me semble que ce n'est pas ton genre de demander la main d'une fille deux semaines seulement après l'avoir mise dans ton lit. D'autant que, dès le début, tu avais dit que ce n'était qu'une aventure entre nous.

Exact, il avait posé les règles comme il le faisait systématiquement avec ses conquêtes féminines pour éviter tout malentendu, ne pas donner prise aux sentiments, ne laisser personne faire battre son cœur. Mais avec Emma, ça n'avait pas marché.

Il s'éclaircit la gorge.

— J'ai sans doute agi de façon impulsive.

— Certes, mais la question est *pourquoi* ?

Nico soupira. Il y avait déjà trop de non-dits entre eux, et sans franchise, il n'y avait pas de confiance possible.

— Quand je t'ai demandée en mariage, je venais d'apprendre que je n'étais pas le fils de l'homme que je croyais être mon père. J'étais sous le choc et je suppose que j'avais besoin de... de me recréer une famille.

Emma écarquilla les yeux, et ses lèvres s'entrouvrirent légèrement sous l'effet de la surprise.

Nico détourna la tête. Il se sentait pitoyable, comme s'il donnait l'impression d'être allé chercher de l'affection là où il pouvait.

— Ce coup de fil..., murmura Emma. Juste avant que tu viennes sur la terrasse me demander en mariage... c'était ton père ?

— Oui. Pour me donner les résultats du test...

Sa poitrine était prise dans un étau et sa tête lui semblait sur le point d'exploser. Le sang cognait à ses tempes, le battement lancinant lui transperçait le crâne. Il fallait qu'il s'allonge, qu'il ferme les yeux. Mais il devait d'abord terminer cette conversation.

— ... et me dire qu'il l'avait toujours su au fond de lui et que ça ne changeait rien puisqu'il n'avait jamais rien éprouvé pour moi. Le lendemain matin, je suis allé lui remettre ma démission, mais il l'a refusée. Je t'ai épousée l'après-midi même.

Présenté ainsi, c'était plutôt brutal. Emma baissa les yeux sur ses genoux.

— Je ne devrais pas être surprise. D'ailleurs, je ne le suis pas vraiment, mais je comprends mieux maintenant la raison de notre mariage.

Nico chercha son regard. Elle était blessée qu'il l'ait demandée en mariage sous le coup de la colère et de la souffrance, et non parce qu'il avait craqué pour elle. Pourtant, elle l'avait touché plus que n'importe quelle autre femme.

— Emma...

Il pressa les doigts contre ses tempes pour tenter de libérer la pression qui montait. Son estomac se tordait, des points noirs dansaient devant ses yeux.

— C'est bon, Nico. Au moins, les choses sont claires. Ou plutôt, elles le seront quand nous aurons les résultats du test de paternité.

— Je n'ai pas besoin des résultats.

— Vraiment ?

— Oui. On pourrait repartir de zéro, fit Nico, les mâchoires crispées par la douleur.

— Repartir de zéro ? s'esclaffa Emma. Tu peux me dire à quoi ressemblerait ce nouveau départ ?

Il plaqua les mains sur ses tempes. Il ne lui restait plus que quelques minutes, peut-être quelques secondes seulement avant que la migraine ne l'engloutisse complètement.

— Nous y réfléchirons ensemble, réussit-il à articuler. Je promets de te protéger et...

Submergé par la douleur, il s'interrompit et se sentit basculer vers le sol. Il tenta de se redresser, mais sa vision s'obscurcit, et la dernière chose qu'il entendit, ce fut le cri d'Emma.

9

Elle s'agenouilla devant le corps prostré de Nico. Comment avait-elle pu ne pas s'apercevoir qu'il souffrait ? Son teint gris, la sueur sur son front, la crispation de sa mâchoire.

— Où as-tu mal ? dit-elle en repoussant les mèches brunes de son front moite. Tu peux me dire ce qui ne va pas ?

— Migraine, marmonna-t-il entre ses lèvres blêmes.

Il se força à ouvrir les yeux, puis les referma aussitôt.

— Désolé, mais je... je crois que je vais vomir.

Emma se précipita vers le coin cuisine, ouvrit les placards à la volée et revint juste à temps avec un saladier dans lequel Nico vida son estomac, impuissant à maîtriser la nausée.

— C'est ce qu'on appelle de la coordination, non ? plaisanta-t-elle avec un petit rire tremblant. D'abord, c'est moi qui suis malade. Ensuite, c'est toi. Et le prochain tour, ce sera à nouveau moi. Où est ton fameux mouchoir quand on en a besoin ?

— Dans ma poche droite, réussit-il à murmurer.

Elle sortit le mouchoir et lui tamponna les lèvres. Il esquissa un sourire, et le cœur d'Emma se contracta.

Ne commence pas, lui intima sa conscience. *Tu ne vas pas de nouveau craquer pour lui, simplement parce qu'il te sourit.*

Après les montagnes russes émotionnelles de ces dernières vingt-quatre heures, elle devait garder la tête froide. Et son cœur aussi.

— Tu as encore envie de vomir ?

Nico secoua doucement la tête.

— Tu as des antalgiques ?

— Dans la salle de bains... ma trousse de toilette. Un flacon bleu.

— Je vais le chercher.

Elle le trouva facilement, ainsi que la prescription du médecin en cas de violente migraine. De retour dans le salon, elle vit Nico tenter de se redresser en position assise pour s'affaler de nouveau sur le sol avec une grimace.

Il devait détester être vu dans un tel état de faiblesse, se dit-elle avec un pincement au cœur. Elle ne le connaissait pas beaucoup, mais suffisamment pour savoir que c'était un homme fier. Il venait de lui dévoiler beaucoup de lui – sa souffrance affective, cette vulnérabilité qu'il portait en lui. Et ça ne l'en rendait pas moins attirant. Au contraire...

— Je vais t'aider à aller jusqu'au lit.

— Je peux le faire...

— Ça m'étonnerait. Sauf si tu comptes y aller en rampant. Laisse-moi t'aider, Nico.

N'ayant d'autre choix que d'accepter, le visage crispé par la douleur, il l'aida autant qu'il put pour se remettre debout. Enroulant un bras autour de sa taille, Emma réussit à le soutenir jusqu'au lit sur lequel il s'écroula avec un gémissement. Sans attendre, elle lui retira ses chaussures, déboutonna sa chemise, puis son pantalon.

— Essaieriez-vous d'abuser de moi, *signora* Santini ? murmura-t-il d'une voix étouffée par la douleur, mais aussi par la forte dose d'antalgiques qui commençait à l'assommer.

Elle lui retira son pantalon en souriant, savourant le contact de ses jambes musclées sous ses mains. Il avait un corps magnifique et puissant, même si en cet instant il était aussi faible qu'un chaton.

— Il est certain que c'est moi qui pourrais abuser de toi et non l'inverse, compte tenu de ton état, le taquina-t-elle.

Il la regarda sous ses paupières à moitié closes.

— Tu pourrais me laisser essayer, marmonna-t-il en levant une main vers elle avant de la laisser retomber mollement.

— Essaie un peu, Casanova, plaisanta Emma, désarmée par l'état de faiblesse de Nico et par sa propre réaction à celle-ci – un élan de tendresse.

Une tendresse à laquelle elle ne devait pas céder. S'attacher était trop dangereux. Nico le savait aussi bien qu'elle. Tous deux avaient été rejetés par ceux auxquels ils avaient offert leur amour. Ni l'un ni l'autre n'étaient prêts à reprendre un tel risque. S'ils restaient mariés, il ne serait pas question de tendres sentiments entre eux.

Elle ferait bien de s'en souvenir.

— Il faut que tu dormes, dit-elle en tirant la couette sur lui.

Luttant pour garder les yeux ouverts, il saisit son poignet. Elle tressaillit au contact de ses doigts. Une onde de désir naquit au creux de son ventre.

— Reste avec moi, murmura-t-il.
— Tu dois dormir...
— S'il te plaît, Emma.

La supplique inhabituelle dans sa voix eut raison de sa volonté.

— Bon, d'accord.

Il la tira vers lui sous la couette, jusqu'à ce qu'elle pose la tête sur son épaule et se serre contre lui, les courbes de son corps épousant le sien, les battements de son cœur sous sa joue. Ils avaient dormi ainsi durant tout un mois, se souvint Emma avec une douce amertume.

Amertume parce qu'elle avait essayé de ne pas trop s'attacher, essayé de ne pas trop y croire. Douce, parce que Nico lui avait donné la sensation d'être acceptée, désirée et même aimée.

En réalité, il n'y avait pas eu d'amour, elle le *savait*. Et il n'y en aurait pas non plus, cette fois. Mais seraient-ils capables de bâtir un avenir ensemble pour offrir une vie stable et sereine à leur enfant ? Seraient-ils capables d'avancer côte à côte, de s'apprécier suffisamment pour être amis et former une famille ?

Peut-être, songea-t-elle en s'assoupissant, nichée dans la chaleur du corps endormi de Nico. Ça pourrait marcher... s'ils gardaient la tête froide et leurs cœurs à distance.

Nico contempla le ciel où le soleil brûlait déjà.

« Votre épouse est mal en point, *signor* Santini. Il faut absolument faire quelque chose. »

Les paroles de l'obstétricienne, chargées de reproches implicites, résonnaient encore à ses oreilles. Tout juste si elle n'avait pas ajouté : « C'est de votre faute. » Ce qui n'était pas faux. Il avait traîné Emma à travers Los Angeles et il l'avait poussée à la confrontation alors qu'elle était enceinte, épuisée, à bout de nerfs. Il suffisait pour s'en convaincre de voir les résultats de l'examen médical. Emma était sous-alimentée, anémique et sa tension artérielle était trop élevée.

Il avait en effet noté sa pâleur et son extrême minceur dès qu'il l'avait vue, mais il n'imaginait pas que c'était si grave. Il devait y remédier sans attendre.

Il inspira profondément et redressa les épaules, le crâne bourdonnant encore des suites de la migraine de la veille. Il avait rouvert les yeux après avoir dormi seize heures d'affilée. C'était la sonnerie du téléphone qui l'avait réveillé – l'appel du médecin pour lui donner ces nouvelles alarmantes sur l'état de santé de son épouse et d'autres informations absolument révoltantes concernant des faits de maltraitance dont elle aurait été victime dans son enfance.

Il passa la main dans ses cheveux encore humides de la douche et sortit rejoindre Emma.

Assise au comptoir du coin cuisine, elle l'attendait en feuilletant un magazine. Elle l'accueillit avec un sourire timide.

— Tu es enfin debout.

Nico la contempla et, l'espace d'un instant, le souvenir de son corps menu, blotti contre le sien flotta dans son esprit, tels les vestiges d'un rêve. Avaient-ils dormi ensemble ? Peut-être, mais il ne s'en souvenait pas. Les antalgiques l'avaient littéralement assommé. La seule chose dont il était sûr, c'était qu'elle l'avait vu dans un état lamentable – sans force, vaincu par les nausées, titubant jusqu'au lit. Pas à son avantage, c'était le moins qu'on puisse dire. Mais elle le regardait en souriant et la situation entre eux semblait moins tendue, même si les paroles de l'obstétricienne pesaient lourd sur la conscience de Nico.

— Désolé d'avoir dormi si longtemps, dit-il en s'avançant vers la cafetière.

Emma pivota sur son siège pour le suivre des yeux.

— Tu en avais besoin.

— Toi aussi, tu as besoin de repos, fit-il en s'accoudant face à elle, une tasse de café entre les mains.

Pas maquillée, les cheveux rassemblés en un chignon lâche au sommet du crâne, Emma portait une simple veste en coton sur une robe d'été. Il pouvait voir combien elle était pâle et frêle, comme en témoignaient ses poignets si fins.

— L'obstétricienne vient de m'appeler.

— Ah bon ?

L'expression souriante d'Emma se fit aussitôt méfiante.

— Pourquoi t'a-t-elle appelé toi, et pas moi ?

— Je crois qu'elle voulait me passer un savon, répondit Nico, heureux de voir un petit sourire éclairer de nouveau le visage d'Emma. Elle t'envoie les résultats des tests par e-mail.

— Il n'y a qu'un seul résultat qui compte, n'est-ce pas ?

Il n'y avait ni amertume ni rancœur dans la voix d'Emma. Pourtant, Nico s'en voulait. Il savait qu'il l'avait blessée et il en était désolé. Encore plus désolé après ce qu'il venait d'apprendre.

— Le test est positif. Je suis le père. Comme tu me l'avais dit et comme je le savais depuis le début.

En réalité, il n'avait jamais douté d'Emma. Mais il était plus facile de cacher ses blessures derrière la colère.

— Désolé d'avoir mis ta parole en doute, Emma.

— Des excuses ! Quel honneur !

Nico fronça les sourcils.

— Je m'excuse quand j'ai tort.

— Il faut croire que tu n'as jamais tort, car c'est la première fois que je t'entends t'excuser.

— Ah bon ?

Emma éclata de rire devant l'air étonné de Nico.

— Il n'est jamais trop tard pour une petite séance d'introspection. Reconnais que tu admets difficilement la contradiction et que tu es d'un naturel quelque peu autoritaire. Oserais-je dire... dominateur ?

Elle se mordit la lèvre en écarquillant les yeux. Elle le taquinait, mais il y avait une grande part de vérité dans ce qu'elle disait, admit Nico. Quand il l'avait sortie de la misère pour la faire entrer dans son univers de privilégié, il avait adopté une position dominante à son égard. Il s'était donné le rôle du sauveur en la couvrant d'attentions et de cadeaux. Et il ne l'avait présentée à personne. D'une certaine façon, il avait tout fait pour la rendre totalement dépendante de lui, matériellement et affectivement.

Il le réalisait seulement maintenant, et ce constat le mettait mal à l'aise. Sans doute était-ce la conséquence d'une enfance où il avait eu l'impression de ne jamais en faire assez ou de ne pas être assez bien aux yeux de son père, mais il avait voulu occuper toute la place dans le cœur et l'esprit d'Emma. Il avait voulu être *tout* pour elle.

— Nico ? dit-elle en le voyant froncer furieusement les sourcils. Je plaisantais.

— Pas tant que ça. Mais tu as raison et je m'excuse de ne pas avoir su reconnaître quand j'avais tort. Bon... deux excuses en l'espace d'une minute, tu peux t'estimer heureuse.

Elle lui décocha un sourire espiègle.

— Ce doit être un record.

— Possible.

Nico sirota une gorgée de café tout en réfléchissant à la suite. Initialement, il était venu informer Emma qu'il avait *décidé* de l'emmener avec lui pour prendre soin d'elle et de leur enfant. Tout cela, sans qu'elle ait son mot à dire, bien sûr. Mais à présent il doutait que ce soit la bonne méthode.

— Le médecin m'a parlé d'autres choses, commença-t-il en cherchant ses mots pour ne pas l'effaroucher.

— Je l'ai autorisée à partager mon dossier médical avec toi, observa Emma avec un haussement d'épaules, une lueur cependant prudente dans le regard. Je n'ai rien à cacher.

— Je sais.

Rien à cacher, mais il y avait certains détails qu'elle taisait, qu'elle ne voulait pas qu'il sache.

— Alors, de quoi t'a-t-elle parlé ? questionna Emma en se redressant sur son siège.

— De ta santé.

Nico vint s'asseoir à côté d'Emma.

— Tu as perdu beaucoup trop de poids et tu souffres d'anémie. C'est mauvais pour le bébé.

— Si je ne mange pas assez, c'est à cause des nausées, répliqua-t-elle aussitôt sur la défensive. Je le lui ai expliqué.

— Elle ne te reproche rien, Emma. S'il y a quelqu'un à blâmer, c'est moi. Je n'ai pas tenu compte de ton état...

— Tu ne pouvais pas savoir. De toute façon, j'étais déjà maigre et anémique avant ton entrée en scène.

Emma inclina la tête sur le côté avec de nouveau son sourire taquin.

— Voilà bien une preuve de ton arrogance ! Croire que tout est de ta faute.

Elle lui donna une tape sur le bras.

— Le monde ne tourne pas autour de toi, Nico.

— Je m'en aperçois.

C'était pourtant ce qu'il avait souhaité. Devenir le centre du monde pour quelqu'un après le choc des révélations maternelles et le rejet de son père. Emma avait alors croisé son chemin, seule et vulnérable. Une aubaine. Il avait agi de façon égoïste. Il en était conscient et il pouvait décider de se comporter différemment à partir de maintenant. Au lieu que ce soit lui, le centre du monde d'Emma, elle pourrait devenir le centre de son monde à lui...

— L'essentiel aujourd'hui, c'est de te remettre sur pied. Il faut que tu puisses te reposer, te détendre et manger correctement.

— D'accord. Promis, je mangerai mieux. Où sont mes vitamines ?

Elle plaisantait, mais il était extrêmement sérieux.

— Elles seront livrées ce matin, avec des compléments alimentaires riches en fer pour lutter contre l'anémie. J'ai aussi pensé à une approche plus proactive.

Emma haussa un sourcil perplexe, cherchant à dissimuler son inquiétude sous sa façade habituelle de fausse insouciance.

— C'est-à-dire ?

— Je possède une villa en Méditerranée, sur une île privée. Un endroit calme et isolé. Nous pourrions y passer quelques semaines. Tu pourrais te reposer. Et moi aussi. Comme tu as pu le constater, je ne suis pas totalement remis de l'accident.

— Comment va ta tête ? s'inquiéta aussitôt Emma en

tendant machinalement la main vers le front de Nico, avant de vite la laisser retomber.

— Mieux qu'hier, mais nous avons tous deux besoin d'un break. Et puis... ce serait l'occasion de prendre le temps de se connaître.

Emma scruta son visage comme si elle essayait d'analyser ce qu'il avait en tête.

— D'accord, on passe quelques semaines sur ton île. Et après ?

— À nous de voir, répondit Nico, sachant déjà ce qu'il voulait. Nous sommes mariés et nous allons avoir un enfant. La suite dépend de chacun de nous.

Emma lui coula un regard circonspect.

— Tu as suivi un cours accéléré de psychologie ?
— Non. Tu m'as juste fait la leçon. J'essaie de l'appliquer.
— Ah.

Ils se sourirent. Et le temps s'arrêta.

Emma fut la première à se ressaisir.

— Comment vois-tu notre avenir ?

Nico prit le temps de réfléchir à la question.

— Le siège de Santini Enterprises est à Rome. Il faudra que j'y sois présent de temps à autre. Mais une fois que le bébé sera là, j'imagine que nous préférerons avoir plus d'espace qu'un appartement en centre-ville.

— Même si cet appartement permet déjà d'héberger une colonie de vacances ?

— Tu as peut-être envie de choisir toi-même notre maison, suggéra Nico.

L'idée lui plaisait. Ce serait un nouveau départ loin du fief des Santini, loin des souvenirs. Un nouveau départ pour tous les deux.

— Je pourrais choisir ?

Emma avait l'air si surprise qu'il fronça les sourcils.

— Eh bien, je suppose que nous déciderons ensemble, mais pourquoi pas ?

Elle secoua lentement la tête.

— C'est juste que... je n'ai jamais eu de chez-moi.

— Jamais ?

Nico fronça les sourcils de plus belle en réalisant à quel point il ignorait tout de son épouse, même s'il commençait à entrevoir l'enfer qu'avait été son enfance d'après les indices donnés par la doctoresse et par Emma elle-même. Manque d'affection et de soins les plus élémentaires. Et des preuves de cruauté aussi, qui le rendaient fou de rage. Mais à partir de maintenant, ce serait différent. Pour Emma, pour lui, pour eux. Et quelques semaines passées ensemble à l'écart du monde leur donneraient tout le temps d'apprendre à se connaître – vraiment.

10

Une fois de plus, exactement comme lorsque Nico l'avait demandée en mariage, Emma devait se pincer pour s'assurer qu'elle ne rêvait pas en montant dans le jet frappé du nom de Santini Enterprises.

Habituellement, Nico prenait des vols commerciaux pour des raisons environnementales, mais il avait pris l'avion de la compagnie pour venir le plus rapidement possible à Los Angeles. À présent, ils le reprenaient *ensemble* pour rentrer en Italie. Vers sa nouvelle vie, songea Emma avec un frisson d'excitation et d'appréhension. Tout s'était passé si vite qu'elle avait du mal à croire qu'il ne s'était pas écoulé plus de quarante-huit heures depuis que Nico avait interrompu son mariage, et moins de vingt-quatre heures depuis qu'il avait fait volte-face, redevenu l'homme attentionné de leur première rencontre. Mais elle était bien placée pour savoir que tout pouvait basculer en un clin d'œil.

Alors, même si Nico semblait vouloir bâtir une nouvelle vie avec elle, même s'il était difficile de renoncer à cette promesse de bonheur, même s'il était difficile de ne pas désirer quelque chose qu'elle n'avait jamais eu, elle devait rester sur ses gardes, ne pas donner de prise affective parce que le rejet était trop douloureux.

Les paroles de sa mère de substitution, la certitude dans sa voix, continuaient de la hanter dans ses moments de faiblesse, quand elle se souvenait combien elle avait espéré, attendu... Pour rien. *Idem* avec Eric, le gars dont elle s'était crue amoureuse, simplement parce qu'elle voulait être aimée. Il l'avait plaquée du jour au lendemain.

Toutes ces expériences lui avaient donné une bonne leçon. Une leçon cruelle, mais nécessaire. Elle ne prendrait plus jamais le risque de s'exposer à une telle souffrance en laissant des sentiments trop intenses l'emporter sur la raison. Et puisque Nico semblait être dans le même état d'esprit, ils réussiraient peut-être à trouver un compromis acceptable pour eux et le bonheur de leur enfant.

— Je te fais visiter l'avion avant le décollage ? proposa-t-il avec un sourire.

Emma s'efforça d'ignorer les papillons dans son estomac. Il suffisait d'un sourire, d'un regard de Nico pour lui faire tout oublier et mettre son cœur en danger. Elle devait à tout prix garder la tête sur les épaules.

— Avec plaisir, répondit-elle en lui rendant son sourire, le corps grésillant malgré elle sous la caresse de ses yeux verts.

Il posa une main au creux de ses reins pour la guider vers l'arrière de l'appareil – sa paume la brûlait à travers la mince barrière du T-shirt.

— Voici le bureau, dit-il en ouvrant la porte sur un espace équipé d'une table de travail et d'une bibliothèque.

— Incroyable ! On se croirait dans l'avion présidentiel Air Force One.

— C'est surtout pratique pour travailler.

— Je ne sais même pas en quoi consiste ton travail, fit Emma en examinant les livres alignés dans la bibliothèque – des manuels d'économie et de géopolitique, pour la plupart.

Appuyé contre le chambranle, Nico croisa les bras.

— Santini Enterprises dispose de filiales dans le monde

entier : complexes hôteliers, sociétés immobilières, un groupe de presse, sans compter des participations dans d'importants groupes industriels et de recherche technologique. Mon père adore acquérir des sociétés, vendre celles qui ne l'intéressent pas pour en acheter d'autres. Je me charge des négociations et des transactions.

— Ça te plaît ?

Nico la regarda, l'air surpris, comme si la question ne lui avait jamais effleuré l'esprit.

— Je ne sais pas si cela me plaît ou non. J'aime négocier et conclure des affaires. Cela dit, j'ai été programmé pour ce job dès mon plus jeune âge. On ne m'a pas laissé le choix.

— Mais si tu avais eu le choix, quel serait le métier de tes rêves ? Que ferais-tu ?

Nico lâcha un petit rire triste qui toucha Emma. Aussi luxueuse et privilégiée qu'elle fût, l'existence de Nico faisait étrangement écho à la sienne. L'absence de choix. L'impossibilité de rêver.

Il baissa la tête avec un soupir.

— Je pense que je ferais quelque chose de similaire, mais pour de plus petites sociétés. Une sorte d'investisseur en capital-risque pour des entreprises locales ou familiales qui démarrent et manquent de visibilité.

Emma imaginait tout à fait le genre d'affaires concernées – une entreprise débutant dans un garage, une mère au foyer transformant sa cuisine en boulangerie-pâtisserie, un lycéen geek créant des logiciels.

— Ce serait formidable.
— Tu trouves ?

Nico releva la tête, son regard cherchant celui d'Emma dont le cœur s'accéléra.

— Oui. J'aime bien cette idée de s'occuper des petites gens comme moi.

— C'est l'impression que tu as ? De faire partie des petites gens ?

Emma haussa les épaules.

— Bien sûr. Je fais partie de ceux qui n'ont pas de pouvoir, pas d'argent, pas de choix. C'est difficile de se créer des opportunités quand on est seul. Personnellement, je n'ai jamais osé me lancer. Alors, oui, ce serait formidable si tu pouvais aider ceux qui ont des idées, mais pas les moyens de les concrétiser. Tu leur donnerais une chance de s'en sortir...

Sa voix s'éteignit parce que Nico la regardait à présent avec une telle intensité, une telle chaleur, un tel désir.

— Emma...

Il fit un pas vers elle, et elle retint sa respiration, avide de son contact, avide de sentir sa main sur sa peau. Ils avaient évité tout contact physique depuis cet instant où, dans un demi-sommeil, les tâtonnements avaient réveillé leurs corps, leur rappelant cette harmonie parfaite et instinctive qui existait entre eux.

Nico fit un pas de plus, tendit la main et enlaça ses doigts pour l'attirer doucement vers lui.

— Je suis content que tu sois là.

Elle laissa échapper un petit rire tremblant.

— Moi aussi.

Même si elle était morte de peur. Peur de tomber amoureuse de cet homme.

— Nous pouvons faire en sorte que ça marche, murmura-t-il. N'est-ce pas ?

— Je... je pense, oui.

Bien qu'en cet instant même son cerveau était comme court-circuité, incapable de penser quand Nico était si proche.

Elle sentit ses doigts caresser sa joue, repousser une mèche derrière son oreille, déclenchant la brûlure du désir dans son sillage. Ses lèvres s'entrouvrirent. Nico inclina la tête...

— *Signor* Santini ?

Nico redressa la tête et Emma recula d'un bond en entendant la toux discrète de l'agent de bord.

— Nous sommes prêts à décoller.

— Merci, Enrico.

Nico avait parlé d'une voix calme, mais il avait les pommettes rouges, nota Emma. Preuve qu'il était aussi troublé qu'elle.

Ça ne veut pas dire qu'il t'aime. Tu ne peux pas faire en sorte qu'il t'aime. N'essaie même pas.

Ce rappel à l'ordre était douloureux, mais indispensable. Elle devait se protéger contre les trahisons de son propre cœur.

— Dommage, je n'ai pas eu le temps de te montrer la chambre, souffla Nico à son oreille. Je le ferai plus tard.

Était-ce une promesse ? Elle n'eut pas le temps de répliquer qu'il ajoutait à voix basse :

— Ce désir entre nous est une évidence, Emma, mais nous le satisferons uniquement quand tu seras prête. Promis. C'est toi qui décideras.

Touchée en plein cœur, Emma sentit les larmes monter. Elle inspira lentement pour ne pas craquer.

— Merci, murmura-t-elle.

Il laissa ses doigts effleurer sa joue, et elle lutta pour ne pas fermer les yeux et s'abandonner à la caresse.

— J'espère tout de même que tu ne me feras pas trop attendre, chuchota-t-il. Parce que tu es en train de me tuer à petit feu.

Emma émit un hoquet, à mi-chemin entre le sanglot et le rire, puis elle suivit Nico jusqu'à la cabine principale où ils s'installèrent pour le décollage.

Le regard tourné vers le hublot, Nico contemplait le ciel avec un mélange de satisfaction et de frustration. Une frustration temporaire, il en était certain. Le plaisir n'en serait que plus intense. Il suffisait d'attendre qu'Emma se sente aussi prête que lui.

Ces dernières vingt-quatre heures, il avait pris conscience de certains aspects la concernant. Des détails qui, pris individuellement, ne l'avaient pas frappé, mais qui mis bout à bout commençaient à dessiner une tout autre image de son épouse. Une image inattendue et poignante.

La veille, l'obstétricienne lui avait en effet appris que l'examen médical avait révélé des signes de maltraitance. Il y avait notamment un poignet cassé, non soigné dans l'enfance, qui s'était ressoudé en formant un angle bizarre, se manifestant par une bosse sur l'articulation. Une bosse bien visible maintenant qu'il savait.

— Je vous en parle parce que votre épouse m'a autorisée à partager ses données médicales avec vous, avait-elle précisé. Mais surtout parce qu'elle a manifestement manqué de suivi médical tout au long de sa vie, et je veux m'assurer qu'elle recevra les soins nécessaires à partir de maintenant.

— Comptez sur moi, avait répondu Nico, sous le choc de ce qu'il venait d'entendre – outre le poignet non soigné, Emma montrait des signes de malnutrition, ainsi que des cicatrices sur les jambes vraisemblablement dues à des brûlures de cigarette.

— Elle ne m'a pas parlé de sévices, avait ajouté l'obstétricienne. Mais c'est une évidence, et j'espère que vous saurez prendre soin d'elle.

— Je vous le promets.

Il s'arracha à la contemplation du ciel pour observer Emma assise face à lui, le front appuyé contre le hublot, l'air songeuse.

— Nous avons devant nous onze heures de vol, dit-il. Nous pourrions en profiter pour faire connaissance.

Elle tourna vers lui un regard méfiant, visiblement peu

encline à parler d'elle-même. Et il commençait à comprendre pourquoi.

— Mais d'abord, tu vas grignoter quelque chose.
— On dirait que tu ne penses qu'à m'engraisser.
— Tu dois reprendre du poids. Qu'est-ce qui te plairait ?

Il pressa un bouton sur l'accoudoir. Enrico accourut aussitôt. Emma haussa les épaules.

— Je ne sais pas… des crackers ?
— C'est tout ?

Le ton désapprobateur de Nico lui fit lever les yeux au ciel.

— Bon, d'accord. Je prendrai aussi un morceau de fromage, capitula-t-elle en se tournant vers Enrico. Merci.
— Je vous en prie, *signora* Santini.

Il s'éclipsa.

— *Signora* Santini, répéta Emma. Il va falloir que je m'y habitue.
— Tu étais déjà *signora* Santini avant, observa Nico.
— Oui, mais personne ne m'a jamais appelée ainsi. Je n'ai pas vu âme qui vive pendant la semaine qui a suivi notre mariage.

Nico fronça les sourcils.

— Je crois qu'à l'époque je n'ai pas réalisé, et j'en suis sincèrement désolé, Emma. Je ne me souviens pas de tout…
— C'est bon, dit-elle en se penchant pour effleurer le dos de sa main du bout des doigts. C'était aussi de ma faute. Je me suis moi-même mise en retrait, parce que j'étais persuadée que tu finirais par regretter de m'avoir épousée. C'est d'ailleurs pour ça que j'ai cru Antonio sans hésiter quand il m'a dit que j'étais déjà une épouse en sursis avant ta disparition.

Un éclair de colère transperça Nico. Son cousin allait lui devoir des explications.

— Qu'est-ce qui te faisait croire que je pourrais regretter de t'avoir épousée ?

Emma haussa les épaules.

— Tout était arrivé si vite. Tu es un homme de pouvoir, riche et super canon. Pas moi.

— Riche et puissante, non, mais super canon...

Nico marqua une pause.

— ... tu l'es assurément, Emma.

Il se pencha vers elle, prit une boucle blonde qu'il tortilla entre ses doigts avant de la lâcher et de laisser glisser sa main le long de sa joue. Quand il frôla ses lèvres du pouce, Emma ferma les yeux.

— Nico...

— Je ne peux m'empêcher de te toucher, avoua-t-il en dessinant le contour de ses lèvres. Ça t'ennuie ?

Elle rouvrit les yeux, captive du regard de jade rivé sur elle.

— Non, souffla-t-elle.

— Tant mieux.

Comme il approchait sa bouche de ses lèvres, la porte de la cabine s'ouvrit.

— *Signora* Santini, vos crackers et le fromage.

Nico esquissa un sourire coquin.

— Il semble que nous soyons systématiquement interrompus, chuchota-t-il à l'oreille d'Emma.

— Merci, Enrico, dit-elle, les joues en feu.

Ce dernier posa le plateau et les laissa seuls.

— Bien, fit Nico, décidé à ne plus se laisser distraire. Il est temps de faire plus ample connaissance.

— N'est-ce pas ce que tu faisais à l'instant ? se moqua Emma en croquant un cracker.

— Il existe effectivement différentes façons de procéder. Certaines plus agréables que d'autres. Mais pour l'instant, compte tenu de la forte probabilité d'être de nouveau interrompus, nous nous en tiendrons à la conversation.

Le regard d'Emma étincela tandis qu'elle passait la pointe de sa langue sur ses lèvres pour ôter les miettes.

— Dommage, susurra-t-elle.

Oui, c'était dommage. Et il était ravi qu'elle le prenne ainsi car cela laissait présager qu'ils remédieraient bientôt à cette situation frustrante.

— En effet, confirma-t-il en se réajustant sur son siège pour soulager la tension persistante, presque douloureuse dans certaines parties de son anatomie. Mais pour l'heure, parle-moi de toi. Où as-tu grandi ?

La question était innocente. Pourtant, ce fut comme si un voile tombait sur le visage d'Emma. Son expression se figea, elle posa le reste du cracker et coinça ses mains sous ses cuisses.

— J'ai vécu principalement dans le nord de l'État de New York, répondit-elle d'une voix prudente. Mais j'ai pas mal bougé.

— Je crois que tu me l'avais dit quand on s'est rencontrés.

À l'époque, il n'avait pas demandé davantage de précisions de crainte de susciter des questions sur leurs passés respectifs. Il voulait seulement profiter du moment, effacer tout le reste. Aujourd'hui, c'était différent. Il voulait savoir. Il avait besoin de savoir.

— Pourquoi déménageais-tu ?

Emma haussa les épaules.

— Parce que c'était ainsi.

Nico la dévisagea en plissant les yeux.

— On dirait que tu n'as pas très envie d'en parler.

Emma détourna la tête vers le hublot avec un soupir, le regard perdu sur le ciel.

— J'imagine qu'il faut que tu saches au moins l'essentiel sur moi.

Elle prit une grande inspiration et tourna de nouveau la tête vers lui.

— J'ai été retirée à la garde de ma mère quand j'avais un an.

Pour cause de négligence. Plus tard, elle a essayé de me récupérer, mais ses demandes ont été systématiquement rejetées.

Emma hésita avant d'ajouter :

— C'est pour ça que j'avais peur de te parler du bébé. De notre bébé. Je craignais que tu me l'enlèves.

— Que je te l'enlève ? répéta Nico, horrifié. Emma, jamais, je ne ferais une chose pareille.

— Je te crois. Mais après ce qui était arrivé à ma mère... j'avais peur.

— Emma, il faut de bonnes raisons pour enlever un enfant à sa mère. La tienne te maltraitait ?

— Je n'en sais rien. Mon dossier ne révèle pas grand-chose. Mais dès que tu fréquentes les services de l'aide sociale à l'enfance, tu t'aperçois vite que des gens bien peuvent parfois déraper et payer leur erreur à vie, tandis que de mauvaises personnes bénéficient de passe-droits.

Elle esquissa un petit sourire triste et Nico sut qu'elle parlait d'expérience. Le poignet cassé, les brûlures de cigarette. Il n'osait imaginer à quel point elle avait souffert.

— Je ne sais pas ce qui s'est passé avec ma mère. Et je ne le saurai jamais. J'avais seulement deux ans quand elle est décédée dans un accident de voiture et je n'ai pas connu mon père biologique – un point commun entre nous, semble-t-il.

Elle tenta un petit sourire courageux et Nico sentit son cœur se serrer face à sa vaillance.

— Quoi qu'il en soit, j'ai été ballottée de famille d'accueil en famille d'accueil jusqu'à mes treize ans. Quand les services sociaux ont jugé que j'étais trop âgée et trop difficile à gérer, j'ai atterri dans un foyer pour adolescents. Ce n'était pas si mal, s'empressa d'ajouter Emma. D'une certaine façon, c'était même mieux. Plus besoin de se donner un mal de chien pour se faire aimer d'une famille et qu'elle accepte de vous garder.

Un autre point qu'ils avaient en commun, songea Nico. Essayer de se faire aimer.

— Qu'est-il arrivé ensuite ?

— Je suis sortie du système à dix-huit ans. Là encore, ce n'est pas aussi terrible qu'on pourrait le croire. Certes, on se retrouve à la rue du jour au lendemain, mais les services sociaux t'aident un peu. Au départ, on se sent perdu. J'ai tout de même réussi à décrocher une formation en restauration. J'ai toujours aimé cuisiner. Je rêvais d'ouvrir un restaurant.

Emma eut une moue fataliste.

— Mais j'ai laissé tomber au bout d'un an.

— Pourquoi ?

— On dirait un interrogatoire, essaya-t-elle de plaisanter.

— Pas du tout. Toi aussi, tu peux me poser des questions.

— Tu serais prêt à répondre ?

— J'essaierai.

— Je ne sais même pas quoi te demander.

Nico haussa les épaules, déterminé à jouer le jeu.

— Tu peux tout me demander.

Elle planta son regard dans le sien.

— As-tu déjà été amoureux ?

Nico essaya de conserver un visage neutre.

Avait-il été amoureux ? Il avait eu des aventures sans lendemain parce qu'il n'avait jamais voulu prendre le risque d'une relation sérieuse et qu'aucune femme ne l'avait amené à se poser cette question. Quant à Emma, il avait essayé de se persuader qu'il en était amoureux, il s'était accroché à cette conviction durant ces trois longs mois à l'hôpital. Mais ce qu'il avait pris pour de l'amour n'était sans doute rien d'autre qu'un engouement, peut-être même une obsession, mais certainement pas de l'amour. On ne tombait pas amoureux d'une personne dont on ne savait rien.

— Non, répondit-il, sincère. Et toi ?

— Jamais, déclara fermement Emma. J'ai une autre question. Souhaites-tu tomber amoureux ?

— Dans la mesure où nous sommes mariés, je suppose que tu me demandes si je souhaite tomber amoureux de toi, n'est-ce pas ?

Prise de court, elle hésita une seconde.

— On peut le voir comme ça.

Nico soutint son regard.

Il était venu à Los Angeles, fou de rage contre Emma, persuadé qu'elle l'avait trahi et qu'il ne pourrait plus jamais lui faire confiance. Ils étaient finalement parvenus à une sorte de compromis offrant de nombreux avantages sans prendre le moindre risque côté cœur. Mais à présent il avait l'impression que cet arrangement n'avait aucun sens, surtout depuis qu'il avait compris qu'Emma n'était pas la femme vénale décrite par Antonio. Pour autant, était-il prêt à lui avouer ce dont il avait envie ? Il n'était même pas certain de pouvoir se l'avouer...

— Puisque tu sembles avoir besoin d'y réfléchir, je vais répondre en premier, déclara-t-elle. Je n'ai aucune envie d'*être* amoureuse. Autant que tu le saches, j'ai laissé tomber la formation en restauration à cause d'un gars. Un gars quelconque. Mais comme je te l'ai dit, quand je suis sortie du circuit de l'aide sociale à l'enfance, je me sentais perdue et j'ai placé tous mes espoirs dans ce garçon. Une erreur.

Elle esquissa une grimace.

— En fait, il n'y avait pas que ça. J'ai abandonné parce que j'avais peur d'échouer. Prendre le large plutôt que de me prendre un mur, c'était ma devise. Quant à ce garçon, Eric, je ne l'aimais pas vraiment, mais j'essayais de me convaincre du contraire. Et, comme tout le monde, il a fini par me laisser tomber.

— Comme tout le monde ? s'étonna Nico.

— Oui, je ne l'intéressais pas sur le long terme. Ce n'était pas nouveau, c'était le même scénario avec les familles d'accueil. Au bout d'un moment, parfois quelques jours seulement, elles ne voulaient plus de moi.

Emma redressa le menton.

— Du coup, j'ai pris l'habitude de me débrouiller seule et c'est tant mieux. Je ne veux pas être sentimentalement dépendante. C'est ainsi que j'ai vécu jusqu'à présent et c'est ainsi que je souhaite continuer à vivre. L'amitié, le respect, la confiance... très bien.

Elle tenta un sourire figé.

— Mais l'amour, non.

Nico comprenait tout à fait. Lui-même avait choisi de ne plus chercher à gagner l'amour de son père quand il avait réalisé que c'était peine perdue. Cela dit, c'était dur de vivre sans espoir. Et, contrairement à Emma, il n'était pas certain de vouloir continuer à vivre ainsi. Il hésita, cherchant ses mots.

— Je comprends ce que tu ressens.

— Et ça te convient ? Compte tenu de nos passés respectifs, je suppose que tu es d'accord avec moi.

Emma le regardait fixement, une lueur incertaine dans ses prunelles pailletées d'or. Et il y avait aussi sur son visage comme une sorte d'attente, un espoir, nota Nico. Qu'espérait-elle, qu'attendait-elle ? Qu'il soit d'accord avec elle – ou qu'il ne le soit pas ?

— Emma, dit-il enfin. Nous commençons juste à nous connaître. Il me semble précipité de fixer des limites à notre relation, mais je comprends ton point de vue. La vie nous a blessés. Il est normal que nous voulions faire en sorte que cela ne se reproduise plus jamais.

Elle se mordit la lèvre.

— Alors, c'est bon pour toi ?

Il hocha la tête.

— Oui, bien sûr.

Qu'aurait-il pu dire d'autre ? C'était ce qu'elle voulait entendre et lui-même ne savait pas ce à quoi aspirait son propre cœur.

Emma approuva d'un léger signe de tête, mais Nico n'aurait su dire si elle avait l'air déçue – ou soulagée.

11

Debout sur la terrasse de sa chambre, Emma admirait le coucher de soleil sur la Méditerranée dont les eaux calmes léchaient la plage en contrebas des jardins de la villa.

Arrivés la veille au soir à Rome, ils avaient aussitôt loué un petit avion qui les avait déposés sur l'île privée de Nico, dans la baie de Naples. Morte de fatigue sous l'effet du décalage horaire et de sa grossesse, Emma s'était écroulée sur le lit dans la chambre que Maria, la gouvernante, lui avait indiquée. Une chambre communiquant avec celle de Nico. Mais la porte était restée fermée.

Parfaitement reposée après douze heures de sommeil, elle avait retrouvé Nico pour le petit déjeuner qu'ils avaient pris ensemble, puis il l'avait emmenée faire le tour de l'île.

Suite à leur conversation de la veille pendant le vol, elle était rassurée de le savoir sur la même longueur d'onde s'agissant de la nature de leur relation. Ils pourraient être amis, ils pourraient même être amants, mais ils ne seraient pas question d'amour entre eux. Une nuance importante et nécessaire. De toute façon, un homme comme Nico Santini – riche, puissant et merveilleusement beau – ne pouvait être amoureux d'une fille sans ressources, ballottée de droite à gauche durant toute son enfance parce que personne n'avait jamais voulu d'elle.

C'était en tout cas ce dont elle avait essayé de se convaincre tandis qu'elle se promenait avec lui au milieu des champs d'oliviers, heureuse qu'ils puissent passer du temps ensemble à bavarder de tout et de rien, sans chercher à en savoir plus l'un sur l'autre, parce qu'elle en avait déjà beaucoup dit et qu'elle n'était pas prête à tout raconter. Elle détestait parler de son enfance, des familles d'accueil dans lesquelles elle ne restait jamais très longtemps. Excepté la dernière. Elle y avait vécu une année entière, l'année la plus heureuse de toute sa vie… enfin, c'était ce qu'elle avait cru.

Quoi qu'il en soit, elle n'avait pas voulu en dire plus à Nico et il n'avait pas insisté. Ils s'étaient simplement promenés et elle avait découvert des petites choses sur lui – qu'il aimait les échecs, que les araignées lui donnaient la chair de poule, qu'il aimerait bien avoir un chien comme celui qu'il avait eu quand il était gamin. De son côté, elle lui avait confié qu'elle adorait cuisiner, mais que c'était rarement possible dans les chambres qu'elle louait. Elle lui avait aussi parlé de son goût pour les romans fantastiques qui lui permettaient de s'évader. Quant aux animaux de compagnie, elle n'en avait jamais eu, mais elle aimerait bien commencer par un poisson rouge.

— Un poisson rouge ! s'était esclaffé Nico. Ce n'est pas très câlin. Pourquoi pas un chien et un chat ? Nous leur apprendrions à être copains.

Elle avait haussé les épaules en souriant.

Elle avait du mal à se faire à l'idée du *nous*, à l'idée de poursuivre leurs vies ensemble. Nico semblait s'y être fait avec une étonnante rapidité, mais Emma avait besoin de temps. Elle n'avait pas connu ses parents, elle n'avait jamais eu de famille. Elle ne savait pas ce que c'était.

Après le déjeuner, Nico s'était excusé. Il avait du travail. Emma avait alors passé l'après-midi à découvrir la villa, ses jardins et ses vues incroyables sur la mer. Elle avait fini par atterrir dans la cuisine. Une pièce vaste et lumineuse, dans laquelle officiait Maria qui l'avait accueillie avec un grand sourire.

— Vous pouvez cuisiner ce que vous voulez quand vous voulez, *signora*. Cette cuisine est la vôtre.

— Merci, c'est très gentil, avait répondu Emma en balayant d'un regard émerveillé les casseroles en cuivre accrochées au mur, les pots de plantes aromatiques posés sur le rebord de la fenêtre, les herbes séchées et les tresses d'ail suspendues à une poutre.

La cuisine était impressionnante, alliant ultra-modernité des équipements et charme de l'ancien. Emma avait beau aimer cuisiner, elle n'était pas certaine d'être à la hauteur. Maria était certainement bien plus compétente et elle n'imaginait pas l'écarter des fourneaux pour prendre sa place. Nico avait beau insister pour qu'elle considère cette maison comme la sienne et qu'elle se sente ici chez elle, elle avait du mal à ne pas se voir comme une invitée. Une invitée temporaire seulement. Parce qu'elle ne pouvait s'empêcher de penser que Nico allait tôt ou tard changer d'avis, qu'il froncerait les sourcils avec une grimace de regret en disant : « En fait, Emma, ça ne va pas marcher. »

Réussirait-elle un jour à surmonter cette peur si profondément ancrée en elle ? s'était-elle demandé en enfilant une robe d'été rose pâle à fines bretelles, choisie dans la collection de vêtements que Nico avait fait venir à la villa. Quand il avait insisté pour qu'elle garde tous ceux qui lui plaisaient en attendant de retourner à Rome faire les boutiques, elle avait bégayé des remerciements avec une seule question en tête : *Pourquoi es-tu si gentil avec moi ?*

Cette question, elle se l'était déjà posée un millier de fois, dès le premier soir de leur rencontre. Et quand Nico avait été porté disparu, d'une certaine façon, elle n'avait pas été surprise.

La vie avait-elle été tendre une seule fois avec elle ? Non, la vie ne lui avait jamais fait de cadeau. Comme si elle était au mauvais endroit, à la mauvaise heure, dans la mauvaise file, le jour où on lui avait attribué son destin.

Mais aujourd'hui, c'était différent. Peut-être n'était-elle pas destinée à la damnation éternelle. Il y avait cette discrète promesse de bonheur avec Nico. Peut-être pourrait-elle y croire...

Son pouls s'accéléra au souvenir de leurs doigts enlacés quand ils s'étaient promenés au milieu des oliviers, quand il l'avait aidée à enjamber un morceau de bois sur la plage... Ses mains avaient enserré sa taille, et son regard brûlant avait accroché le sien.

Emma savait qu'il tiendrait promesse – il attendrait qu'elle soit prête. La balle était dans son camp. C'était à elle de décider.

— Te voilà.

Nico sortit sur la terrasse, pieds nus, l'air détendu et plus beau que jamais, vêtu d'un jean noir et d'une chemise du même vert que ses yeux.

— J'admire le coucher de soleil.

Elle tourna la tête pour voir l'astre plonger sous l'horizon en embrasant les eaux.

— On se croirait au paradis, murmura-t-elle.

Nico effleura sa joue.

— Tu mérites d'avoir un petit coin de paradis.

Elle se raidit en percevant dans sa voix une note un peu trop proche de la pitié.

— Inutile de t'apitoyer sur moi parce que j'ai eu une enfance difficile, Nico.

Elle ne supporterait pas qu'il ait pitié d'elle, car la seule chose qu'elle possédait, c'était sa force. Et elle devait la conserver.

Il laissa glisser sa main sur son épaule, puis le long de son bras nu pour enlacer ses doigts aux siens.

— Je ne m'apitoie pas, Emma. Au contraire, je suis admiratif. Je t'admire pour avoir surmonté tout ce que tu as subi.

Il hésita une seconde.

— L'obstétricienne m'a donné certains détails.

Emma blêmit à l'idée de ce qu'il avait appris, les blessures les plus cruelles de son enfance qu'elle s'était efforcée d'ensevelir dans ce lieu obscur de son âme où elle retournait rarement.

— Quel genre de détails ? demanda-t-elle, même si elle n'était pas certaine de vouloir les entendre formuler à haute voix.

— Il semblerait que tu aies souffert de malnutrition dans ton enfance. Il est également question d'un poignet cassé, non soigné.

Il y eut un court silence, puis Nico reprit d'une voix douce :

— Il y a aussi des cicatrices sur tes jambes... vraisemblablement provoquées par des brûlures de cigarettes.

Emma se figea. Une boule se forma dans sa gorge, l'empêchant de parler. Les larmes affluèrent, brouillant sa vision du monde en une palette de couleur – l'orange et le violet du soleil couchant, le bleu de la mer et le vert du regard de Nico. Un regard attentionné, trop doux.

Elle ne s'attendait pas à ce qu'il en sache autant. Comment l'obstétricienne avait-elle pu deviner ? Elle avait pourtant répondu de façon délibérément évasive à ses questions.

— Certaines familles n'étaient pas très gentilles, réussit-elle à marmonner. Mais d'autres étaient vraiment bien, tu sais.

Celle qui n'avait pas voulu d'elle.

Aveuglée par les larmes, elle sentit les bras de Nico l'envelopper pour la serrer doucement contre lui. Elle abandonna sa tête contre son torse et ferma les yeux. Une larme roula sur sa joue.

— S'il te plaît, ne sois pas triste pour moi, Nico. Je ne supporte pas la pitié. J'ai toujours essayé d'être forte...

La main de Nico caressait son dos, rassurante.

— Tu es forte, Emma.

Il s'écarta légèrement pour prendre son visage entre ses mains et essuyer du pouce les larmes sur ses joues.

— Bien plus forte que tu n'imagines.

Ses doigts s'immobilisèrent sur son visage.

— Mais à présent, je suis là, Emma. Je serai toujours là pour toi. Pour te protéger toi et notre enfant. Je te le promets.

Il était sincère, elle l'entendait dans sa voix. Elle leva les yeux sur lui, luttant contre ses doutes, tentée de le croire.

Elle ne voulait plus se risquer à aimer Nico, mais elle avait terriblement envie de pouvoir vivre avec lui en tant qu'amis et, oui, en tant qu'amants.

— Tu me crois ? dit-il.

Elle réussit à esquisser un sourire tremblant.

— J'essaie.

— Comment puis-je te convaincre ?

Il la regardait avec une telle tendresse qu'Emma sut exactement ce qu'elle désirait et dont elle avait tant besoin à cet instant. Elle ne voulait plus de questions inquisitrices ou de paroles bien intentionnées qui ne faisaient qu'alimenter ses peurs et ses chagrins, mais plutôt la preuve que tout était encore possible entre eux.

Elle lâcha un petit rire et laissa son regard dériver sur la bouche de Nico avant de relever les yeux, le souffle coupé sous l'éclat sombre de son regard chargé de désir. Il scrutait son visage, en quête d'une réponse. Une réponse qu'elle lui donna en se dressant sur la pointe des pieds pour lui offrir ses lèvres.

— Tu es sûre… ?

Elle hocha la tête.

Il y avait tant de choses dont elle n'était pas sûre et dont elle avait peur – confier son cœur à Nico, fonder une famille avec lui, se faire confiance. Mais vouloir ressentir à nouveau cette sensation folle de ne plus faire qu'un avec lui, de cela elle était certaine. Et pour le lui prouver, elle effleura sa bouche de ses lèvres, savourant son contact, son goût.

Ce fut suffisant pour Nico. La plaquant contre lui, il l'embrassa comme elle voulait qu'il l'embrasse, comme elle avait besoin qu'il l'embrasse. Il enfonça sa langue dans sa bouche avec une douce avidité qui la fit vibrer de désir.

Oh ! comme ses baisers lui avaient manqué ! De toutes ses forces, elle avait voulu oublier à quel point c'était merveilleux, mais le désir était toujours là. Il était même encore plus fort, parce que leur relation était bâtie sur la confiance et non sur un rêve éphémère. Aujourd'hui, il y avait peut-être un espoir… si elle s'autorisait à y croire.

Nico l'entraîna dans la chambre.

Oubliant de respirer, Emma se tourna vers lui, le cœur battant d'excitation et de crainte aussi, parce que son corps avait changé. Elle était consciente d'être trop maigre et que son ventre s'était un peu arrondi. Nico pourrait ne pas… Ses réserves furent balayées quand elle sentit ses doigts sur ses épaules dénouer les bretelles de sa robe, la faire glisser jusqu'au sol, la laissant nue à l'exception d'une simple petite culotte de coton blanc.

— Tu es si belle, dit-il doucement.

Elle laissa échapper un rire nerveux.

— N'importe quoi.

Elle ne s'était jamais considérée comme une jolie fille. Et elle s'étonnait toujours qu'un homme aussi séduisant que Nico puisse la désirer.

— Laisse-moi te le prouver.

Il prit sa main et la posa sur son torse pour qu'elle sente sous sa paume son cœur qui tambourinait.

— Tu vois l'effet que tu me fais ?

Il guida sa main vers les boutons de sa chemise.

— Tu veux bien me déshabiller ?

Sa voix rauque de désir contenait une note d'humilité bouleversante. Les doigts tremblants, Emma déboutonna sa chemise, dévoilant ses pectoraux magnifiquement sculptés qui se soulevaient au rythme de sa respiration. Elle fit glisser ses mains sur ses épaules, savourant la chaleur de sa peau, puis vers ses mamelons qui durcirent sous ses doigts. Elle laissa ses mains glisser plus bas et s'arrêta à la ceinture du jean, soudain hésitante.

— Tu ne vas pas jouer les timides, la taquina-t-il.

Relevant le défi, elle fit sauter le bouton du pantalon, puis sans le quitter des yeux, descendit la fermeture Éclair, effleurant au passage son sexe tendu par le désir.

Nico l'attira tout contre lui, contre sa force, sa chaleur et son désir sans équivoque. Les paumes ouvertes, il serra les chairs douces et rondes de ses fesses en frottant le triangle de coton contre son érection. Emma gémit. Sa plainte envoya une décharge de plaisir dans le corps de Nico qui l'embrassa presque violemment tout en la faisant reculer vers le lit. Il s'arracha à ses lèvres, le temps de lui ôter sa petite culotte et de se débarrasser à son tour de son jean.

Bras et jambes emmêlés, ils roulèrent sur le lit. Emma poussa un gémissement de protestation quand Nico écarta de nouveau sa bouche de la sienne pour s'attarder sur la courbe de son cou avant de poursuivre son chemin pour affoler du bout de la langue la pointe de ses seins. Elle ferma les yeux et crut défaillir en sentant la chaleur de son souffle plus bas, sur son ventre.

Nico prenait tout son temps, laissant ses mains suivre le trajet de ses lèvres, souriant contre sa peau, jouant de son corps comme d'une harpe, se laissant guider par ses soupirs, la faisant vibrer, frissonner, gémir. Resserrant l'étreinte de ses doigts sur ses hanches, il la souleva, inclina la tête entre ses cuisses et l'embrassa au plus intime de son corps, la léchant doucement avant d'enfoncer sa langue en elle. Il sentait à présent les hanches d'Emma osciller sous le plaisir, il percevait son impatience, il sentait son corps trembler d'un désir aussi violent que le sien.

— Nico...

Il leva les yeux vers elle et plongea dans son regard d'ambre, embrumé de volupté.

— S'il te plaît..., souffla-t-elle dans un demi-sanglot.

Alors, d'un mouvement fluide, il plongea en elle.

Enfin. Son front pressé contre celui d'Emma, il s'enfonça plus profondément, savourant la douceur satinée de sa peau contre la sienne, les battements frénétiques de son cœur comme s'il battait en lui, les spasmes de sa jouissance autour de son sexe, ses jambes enroulées autour de sa taille pour l'emmener encore plus loin en elle, chaque coup de reins les propulsant vers un nouveau palier de plaisir. Et lorsque les ondes de l'orgasme qui la parcouraient se répandirent dans son propre corps, Nico songea qu'il n'avait jamais rien vécu de tel – avec aucune femme, ni même avec Emma. Ce qu'il ressentait en cet instant était totalement inédit. Il avait le sentiment de partager avec Emma bien plus qu'un lien charnel. C'était le désir de ne former avec elle qu'un seul corps, un seul être. Et quand il vit son regard se voiler, ses lèvres frémir, un courant de plaisir le traversa tandis qu'elle tremblait entre ses bras, secouée par l'orgasme. Puis il aperçut sur ses lèvres le plus lent, le plus beau des sourires, avant de basculer à son tour dans l'extase.

Bouleversé par l'intensité émotionnelle de ce qu'il venait de vivre, Nico ferma les yeux. Il pensait – il *espérait* – qu'Emma ressentait la même chose car elle restait silencieuse. Pas de rire désinvolte, cette fois. Juste ses bras étroitement noués autour de lui et son visage enfoui dans son épaule tandis que leurs souffles s'apaisaient.

Quand il finit par rouler sur le dos, elle se blottit contre lui. Il laissa glisser sa main le long de son corps et, pour la première fois, prit conscience du discret renflement de son ventre et garda sa paume là, déployant ses doigts sur *leur enfant*.

— Nico… Es-tu inquiet à l'idée d'être père ?

Il perçut l'hésitation dans sa voix.

— Pas plus qu'un autre homme, je pense. Et toi ? Tu es inquiète ?

— Oui, avoua Emma. Je n'ai pas connu ma mère. Et je n'ai guère d'exemples de mamans bienveillantes. Sauf une…

Elle s'interrompit. Nico baissa les yeux sur elle.

— Dis-moi, Emma.

— Elle était gentille. Mais ça n'a pas duré.

Il devina qu'elle ne lui disait pas tout.

— J'espère juste que je saurais quoi faire, murmura-t-elle.

— Nos parents étaient défaillants, dit Nico, cherchant les mots justes. Ce n'est pas eux qui doivent diriger nos vies et définir ce que nous sommes. On peut voir ce bébé comme une chance, l'occasion d'être la mère et le père que nous n'avons pas eus. Une chance de réparer le passé.

Il y eut un long silence.

— Mais que se passera-t-il si je n'y arrive pas… si je ne suis pas une bonne mère ? demanda Emma.

La peur dans sa voix transperça Nico.

— Le simple fait de poser la question prouve que tu feras de ton mieux. Et j'en ferai autant. À deux, on devrait s'en sortir.

Emma émit un petit rire.

— Je ne te savais pas si philosophe. Décidément, tu es d'une grande sagesse.

Elle releva la tête vers lui.

— Mais ne va surtout pas prendre la grosse tête.

— J'essaie, mais reconnais quand même que je cumule

les qualités, plaisanta Nico. Riche, puissant, super canon et maintenant sage...

Emma lui donna une tape sur l'épaule en riant.

— C'est bon, gros malin !

— Y a-t-il autre chose que tu souhaites ajouter à la liste ? répliqua-t-il en la retournant brusquement sur le dos pour la clouer sous lui et presser ses lèvres sur sa gorge avant de descendre plus bas.

Emma ferma les yeux, s'abandonnant à ses caresses.

— Amant fantastique peut-être ? souffla-t-il contre sa peau avant d'enfouir la tête au creux de ses cuisses.

Elle laissa échapper un gémissement tandis qu'elle passait les doigts dans ses cheveux, le maintenant contre elle.

— Je crois que tu le sais déjà, réussit-elle à hoqueter.

Après quoi, ni l'un ni l'autre ne parlèrent durant de longues heures.

12

Étendue sur une chaise longue sur le pont du bateau, Emma ferma les yeux, offrant son visage au soleil. Ils accosteraient à Naples dans l'après-midi avant de retourner à Rome… à la vie réelle.

Après un mois passé sur l'île, elle redoutait de quitter sa sécurité pour affronter le reste du monde. Elle qui s'était plainte de ne pas avoir été présentée aux relations de Nico, elle était à présent terrifiée à l'idée de les rencontrer à l'occasion du gala de charité auquel ils assisteraient le lendemain soir. Elle avait une boule à l'estomac rien que d'y penser.

Durant ces semaines, seule avec Nico, elle avait presque réussi à faire taire ses doutes et ses craintes. Mais plus Rome approchait, plus ils revenaient en force.

Il est impensable qu'il veuille passer sa vie avec toi. Il finira lui aussi par te repousser quand il réalisera que tu n'es qu'une intruse dans son univers.

Nico ne le dirait pas, mais quand il la verrait dans l'arène sociale, son jugement serait forcément différent de ce qu'il pensait d'elle quand ils étaient seuls. Elle n'avait jamais fréquenté de gens importants, jamais porté de robe de soirée. Cette réception était un test qu'elle avait toutes les chances de rater.

Elle venait de vivre avec lui quatre semaines merveilleuses, songea-t-elle avec un pincement au cœur. Autant que ce qu'ils avaient vécu ensemble avant l'accident d'avion, mais cette fois, c'était différent. Leur précédente relation n'avait été rien d'autre qu'un rêve, juste un peu plus concret. Des moments volés au lit, entre les séances de travail de Nico et elle qui s'attendait à ce que le rêve se termine d'un instant à l'autre. Il n'y avait pas eu de réelles conversations entre eux, pas de confidences. Comme si chacun connaissait sa marge de manœuvre au-delà de laquelle l'intimité des esprits se confondait avec l'intimité des corps – et cet au-delà, c'était la limite à ne pas franchir, le domaine des sentiments impossibles, trop dangereux. Mais, cette fois, ils avaient passé des heures à discuter, à bavarder, à rire et à partager en explorant l'île ou entre deux baignades. Et leurs nuits avaient été entièrement consacrées au plaisir. Un plaisir toujours aussi intense et plus profond.

Une semaine après leur arrivée, Emma avait aussi rassemblé son courage pour se lancer à cuisiner des petits plats et Nico s'était fait une joie de lui faire livrer les produits nécessaires. Préparer les repas était une façon pour elle de lui manifester son attention sans le dire. Bien sûr, tous ses essais culinaires n'avaient pas été concluants et certains avaient provoqué des grimaces et des crises de fou rire, notamment un poisson en papillote trop pimenté.

Ces dernières semaines, elle avait aussi appris beaucoup de choses sur elle-même. Et la prise de conscience de ses failles avait été douloureuse. En s'ouvrant à Nico, elle avait commencé à comprendre les schémas dans lesquels elle s'était enfermée dès son plus jeune âge. Pendant toutes ces années, elle avait cru que les malheurs et les échecs lui arrivaient par sa faute. Les mauvais traitements, la cruauté, l'abandon, c'était de sa faute, parce qu'elle ne méritait pas d'être aimée. Tant et si bien qu'elle avait constamment vécu dans la peur de ne pas plaire, la peur d'échouer, la peur de souffrir. Une peur qui l'empêchait d'avancer. Mais aujourd'hui, elle voulait se donner une chance. Elle voulait vivre avec Nico. Simplement, elle n'était pas certaine que vouloir ou même essayer seraient suffisants.

— Tu lézardes au soleil ?

Emma rouvrit les yeux et mit sa main en visière pour regarder Nico s'avancer vers elle. La chemise blanche qu'il portait faisait ressortir sa peau brune et ses yeux étincelant comme jamais d'un beau vert. Elle adorait le voir aussi détendu, bien loin de l'homme froid et autoritaire qui avait fait irruption dans l'église où elle s'apprêtait à épouser un autre homme.

— Combien de temps avant d'accoster à Naples ?

— Une petite heure, répondit-il en s'installant sur une chaise longue à côté d'elle. Cache ta joie, la taquina-t-il.

— J'avoue que je suis nerveuse.

C'était un euphémisme.

— Tu t'inquiètes à l'idée de revoir mon cousin ? Crois-moi, je vais lui dire deux mots concernant la façon dont il s'est comporté avec toi.

— Je ne veux pas que tu te brouilles avec ta famille.

— Je crains que ce ne soit déjà le cas. Mes rapports avec Antonio et avec mon père étaient déjà tendus avant que je te rencontre.

— D'accord. Mais il n'y a pas que ça.

Nico fronça les sourcils.

— Quoi d'autre ?

Emma resta silencieuse.

Comment lui faire comprendre qu'elle avait peur que tout soit différent de retour dans le monde réel et que le lien qu'ils avaient établi se rompe à nouveau ?

— Quel que soit le problème, voulut la rassurer Nico en prenant sa main, nous l'affronterons et nous le réglerons ensemble.

Il pressa doucement sa main dans la sienne.

— Après tout un mois recluse sur une île déserte, n'es-tu pas impatiente de retourner à la civilisation ?

Emma esquissa un sourire hésitant. Elle aurait tant voulu rester cachée dans leur bulle de bonheur.

— Si, bien sûr, mentit-elle.

De toute façon, elle avait rendez-vous l'après-midi même à Rome pour une consultation médicale et une échographie. Alors, prête ou non, elle n'avait d'autre choix que d'affronter la vraie vie.

Une heure plus tard, ils débarquaient à Naples et prenaient la route pour Rome.

Emma espérait que le repos, le soleil, les bons petits plats et la cure de vitamines avaient résolu ses problèmes de poids et d'anémie. Elle espérait ne pas décevoir Nico au moins sur ce plan-là, à défaut d'être à la hauteur pour la soirée du lendemain.

— Je t'ai réservé une séance de soins de beauté demain, annonça-t-il.

Emma se raidit légèrement, tout en essayant de ne pas montrer son inquiétude face à une proposition inoffensive en apparence.

— Ah bon ?

— Oui, j'ai pensé que ça te plairait, dit Nico en la considérant d'un œil étonné.

De toute évidence, elle n'était pas très douée pour dissimuler son appréhension.

— Coiffure, manucure, soins du visage. La plupart des femmes apprécient, non ?

— Oui, bien sûr.

Que pouvait-elle dire ? Elle aurait dû se réjouir d'être l'objet de tant d'attentions – Nico avait également convoqué une styliste pour lui présenter des robes de soirée –, mais elle était seulement morte de peur à l'idée qu'il puisse changer d'avis à son sujet si elle échouait à cette soirée test.

Tôt ou tard, tout le monde change d'avis à ton sujet. Pour quelle raison ton tout-puissant et séduisant Nico serait-il différent ?

Faisant de son mieux pour étouffer la petite voix moqueuse, Emma offrit à Nico un sourire de gratitude.

— Merci. C'est très gentil.

— Pourquoi ai-je l'impression que tu te forces pour prononcer ces quelques mots ?

Il la connaissait décidément trop bien.

— Excuse-moi. C'est juste que je n'ai pas l'habitude.

Il lui caressa la joue d'un geste tendre qui lui fit venir les larmes aux yeux. Non, vraiment, elle n'avait pas l'habitude...

— Tu vas devoir t'y faire, *signora* Santini. Il en sera ainsi le restant de tes jours.

Était-ce une promesse ?

Emma sourit, essaya d'y croire, mais elle en était incapable. Même quand Nico se pencha pour l'embrasser.

La vie lui avait trop souvent prouvé le contraire.

Nico enfila sa veste de smoking avec un soupir. Il prétendait être heureux de retourner à la civilisation, mais en réalité il aurait préféré rester sur l'île, seul avec Emma. Il avait découvert l'étrange douceur de passer simplement du temps ensemble à bavarder, à se promener ou à cuisiner. Il s'était lui-même déclaré commis de cuisine, ravi d'éplucher et de hacher pour seconder Emma dans ses essais culinaires. Il adorait son enthousiasme, son rire quand il la taquinait. Ces quatre dernières semaines, il l'avait vue reprendre des forces et s'épanouir comme une fleur déployant ses pétales au soleil.

Lui aussi avait changé. Après avoir été accro au travail

durant toute sa vie pour tenter de gagner l'estime paternelle, il avait pour la première fois mis ses activités professionnelles plus ou moins entre parenthèses pour passer du temps avec Emma. Il s'était contenté de traiter les affaires courantes de Santini Enterprises. Après le crash, son père et Antonio avaient dirigé la compagnie sans lui, et Nico s'était aperçu que ça ne le gênait pas, bien au contraire. Il avait ses propres ambitions. Il espérait que les investissements réalisés avec sa fortune personnelle lui permettraient un jour de monter sa propre affaire indépendamment de l'empire familial et du passé. Quand Emma lui avait demandé ce qu'il aurait réellement voulu faire s'il avait eu le choix, il avait réalisé qu'il *avait* le choix. Le manque d'amour et de loyauté de son père lui donnait une liberté dont il n'avait pas eu conscience jusqu'à ce jour. Il ne devait rien à cet homme dont il portait seulement le nom. Rien ne le liait à Santini Enterprises. Il pouvait désormais rêver et réfléchir à d'autres perspectives.

Mais aussi fascinant que soit ce nouvel horizon professionnel, il voulait se consacrer à Emma et à la famille qu'ils allaient construire ensemble. Le rendez-vous médical de la veille avait été totalement différent du précédent. Il y avait assisté et le médecin avait jugé l'état de la future maman tout à fait satisfaisant. Emma avait repris du poids et son taux de fer était remonté. Mieux, ils avaient vu le bébé bouger lors de l'échographie – un moment inoubliable. Nico avait la photo dans sa poche de poitrine et il ne se lassait pas de la contempler. Quelles que soient les épreuves de leurs passés respectifs, Emma et l'enfant étaient son avenir. Leur avenir.

Souriant à cette pensée, il partit à la recherche de son épouse.

Il la trouva au salon, debout face à une fenêtre d'où elle contemplait la place Saint-Pierre. Quand elle pivota vers lui, sa beauté pure lui coupa le souffle. Sa chevelure dorée cascadait librement sur ses épaules, encadrant son visage à peine maquillé. Le drapé de la robe de soie bleu nuit qu'elle avait choisie dissimulait son petit ventre, avant de retomber souplement jusqu'à ses chevilles, mettant en valeur sa silhouette fine.

— J'ai l'impression d'être Cendrillon.
— Tu es magnifique, fit Nico en traversant la pièce.
Il emprisonna ses mains dans les siennes.
— Mais il manque quelque chose.
Elle leva sur lui un regard anxieux.
— Qu'est-ce que j'ai oublié ?
— Ça, répondit-il en sortant de sa poche une paire de boucles d'oreilles en diamant.
Emma écarquilla les yeux.
— Dis-moi que ce sont des faux.
— Des faux ?
Nico haussa un sourcil faussement indigné.
— Tu m'insultes.
— Nico, je ne peux pas...
— Bien sûr que si.

Comment avait-il pu croire qu'elle n'en voulait qu'à son portefeuille ? Emma protestait à chaque fois qu'il voulait lui offrir quelque chose. Il l'aida à accrocher les boucles d'oreilles, laissant ses doigts s'attarder le long de son cou.

— Tu es très belle.
— J'ai peur de faire une gaffe. Trébucher, dire une bêtise... je ne sais pas.
— Sois simplement toi-même, Emma.
Elle secoua la tête avec une grimace.
— Ce n'est pas mon monde.
— Et j'en suis ravi. Je te trouve parfaite telle que tu es. Je ne veux pas d'une mondaine ou d'un top-modèle à mon bras. Je veux que tu sois toi-même.

Il vit ses yeux s'embuer.

— J'ai du mal à te croire, murmura-t-elle. Personne n'a jamais voulu de moi telle que je suis.

Nico l'enlaça, le menton posé sur le sommet de son crâne tandis qu'elle pressait sa joue contre son torse.

— On a tous les deux un sérieux problème de confiance à surmonter, dit-il doucement. Mais tu peux me croire quand je te dis que je te veux telle que tu es.

— D'accord.

Avec un sourire tremblant, Emma s'écarta.

— Ce serait bête de tacher ta veste avec du maquillage. Et nous allons être retard.

Nico acquiesça sans être certain de l'avoir convaincue. Il avait tant d'autres choses à lui dire, mais ce n'était pas le moment.

Vingt minutes plus tard, ils s'avançaient dans la salle de réception d'un grand hôtel, au milieu d'une foule de personnalités. Près de lui, Emma prit une brève inspiration. Nico lui adressa un sourire rassurant, mais elle ne le regardait pas.

— Tout ira bien, murmura-t-il.

Hochant la tête, elle redressa vaillamment le menton sous le regard empli de fierté de son époux.

Et tout se passa bien. Merveilleusement bien, même. Au début, Emma était restée muette, mais quelqu'un lui posa une question, et dans la minute suivante elle se mit à discuter avec cette personne d'une émission de cuisine. Ce qui fit sourire Nico. Il la taquinerait à ce sujet, plus tard, quand ils rentreraient chez eux. *De quoi avais-tu si peur ?* Comme d'habitude, elle éclaterait de rire en levant les yeux au ciel et il l'emmènerait au lit...

Légèrement en retrait, il la regardait bavarder, ravi de la voir si naturelle et lumineuse. Ravi de voir la femme qu'elle était réellement. Celle dont il était... *amoureux*.

Cette soudaine prise de conscience le frappa de plein fouet. Il avait essayé de se persuader que ça pourrait marcher avec Emma parce qu'il n'était pas question d'amour entre eux, mais c'était complètement absurde ! Évidemment qu'il l'aimait. L'amour n'était-il pas ce sentiment qu'il éprouvait pour elle ? Ce besoin de mettre sa main dans la sienne, de la protéger et de partager toutes ces choses qui devenaient merveilleuses dès lors qu'il était avec elle ? Il ne s'agissait pas d'un désir éphémère contre lequel il pouvait lutter.

Et, tandis qu'il regardait Emma étinceler au milieu de la foule des invités, il réalisa qu'il n'avait plus peur d'aimer. Au contraire, aimer l'emplissait de joie et d'espoir. Et il était impatient de le lui dire.

13

Emma discutait gastronomie avec sa nouvelle amie, célèbre avocate qui partageait avec elle une même passion pour la cuisine.

Elle croisa le regard de Nico. Il lui adressa un sourire et leva sa coupe de champagne en un discret toast d'approbation. Rien que pour elle.

Dieu qu'elle l'aimait !

Emma se figea, sous le choc de l'évidence qui s'imposait à elle. Elle qui s'était donné tant de mal pour ne pas l'aimer, elle qui s'était juré de ne plus jamais aimer personne, elle avait laissé Nico se faufiler jusque dans son cœur. Elle avait essayé de résister, mais à force d'attention et de douceur, il avait pulvérisé ses défenses.

Mon Dieu, qu'allait-elle faire maintenant qu'elle l'avait laissé franchir les limites qu'elle avait fixées ?

— Excusez-moi, balbutia-t-elle à la femme avec laquelle elle discutait.

Il fallait qu'elle se ressaisisse. Elle fit quelques pas de côté.

Son instinct lui dictait de fuir, comme elle l'avait toujours fait. *N'attends pas d'être rejetée. Sauve-toi.* C'était son leitmotiv pour se protéger, pour ne pas souffrir. Partir avant qu'on le lui demande.

Mais avait-elle réellement envie de quitter Nico ? Nico, l'homme tendre et passionné. Nico, le père de son enfant.

Non, elle ne voulait pas renoncer à lui. Et c'était ce qui la terrifiait. Elle désirait lui offrir son cœur, faire ce saut dans l'inconnu en lui déclarant qu'elle l'aimait.

Mais quand ? Et comment ?

— On dirait que tu es retombée sur tes pieds.

La voix traînante la fit tressaillir. Lentement, elle se retourna et se retrouva nez à nez avec le sourire cruel d'Antonio. Elle jeta un coup d'œil circulaire dans l'espoir de voir venir Nico à son secours, mais il semblait s'être subitement volatilisé.

— Bonsoir, Antonio, dit-elle en faisant de son mieux pour dissimuler le tremblement dans sa voix et relever le menton.

— Alors, comme ça, tu as réussi à piéger Nico une seconde fois ? Grâce à un morveux ? dit-il avec un signe de tête grossier vers son ventre. Franchement, tu crois qu'il va rester avec toi ? Je reconnais qu'il est obsédé, mais ça ne durera pas. Tu rêves, si tu penses qu'il peut s'enticher d'une pauvresse comme toi.

Il éclata d'un rire méchant qui fit se retourner des têtes. Le rouge aux joues, Emma s'efforça de soutenir le regard d'Antonio sans ciller.

— C'est triste pour vous, dit-elle calmement, utilisant le vouvoiement à dessein pour marquer sa distance. Il est évident que vous n'avez jamais été amoureux.

— Bon sang, tu crois vraiment que Nico est amoureux de *toi* ?

La question pleine d'incrédulité moqueuse percuta Emma en plein cœur, réveillant les vieilles blessures et toutes ses angoisses.

— En quoi ça vous regarde ?

Antonio se rapprocha, menaçant.

— Je m'en fiche royalement, dit-il en la détaillant de la tête aux pieds d'un œil dédaigneux. Mais autant que tu le saches, cette fois, tu ne toucheras pas un sou quand Nico décidera de se débarrasser de toi.

Sur ce, il pivota sur ses talons et s'éloigna, laissant Emma bouleversée.

Il n'y avait pas un mot de vrai dans ce qu'il avait dit, essaya-t-elle de se rassurer en se dirigeant vers les toilettes, les jambes tremblantes. Antonio n'était qu'un type cruel et cynique qui prenait plaisir à écraser les gens. Ses paroles avaient cependant atteint leur cible. Elles mettaient à nu sa fragilité, sa peur de ne pas être à la hauteur, sa peur que Nico la repousse lui aussi...

« Emma ? Il n'en est pas question. »

Ceux qui avaient semblé l'aimer lui avaient tourné le dos avec tant de certitude. Alors, pourquoi serait-ce différent avec Nico ?

Ses doutes reprenaient le dessus. Elle avait beau vouloir croire, *espérer*, elle ne pouvait s'empêcher de craindre le pire. Parce que c'était toujours ainsi que ça se terminait.

Prenant une inspiration tremblante, elle essuya une larme du revers de la main, redressa les épaules et regagna la foule des invités.

À peine avait-elle fait quelques pas dans la salle que Nico s'approcha, l'air inquiet. Il caressa son bras.

— Tout va bien, Emma ?
— Oui, je suis juste fatiguée, fit-elle avec une grimace. La vie est nettement plus reposante sur une île déserte.

Elle tenta un rire qui sonna faux à ses propres oreilles.

Nico la dévisagea, d'un œil soucieux.

— Tu veux rentrer à la maison ?
— Si... si ça ne te gêne pas.
— Bien sûr. Laisse-moi juste prendre congé.

Emma hocha la tête, impatiente de quitter la réception au plus vite. Mais tout aussi effrayée à l'idée que sortir d'ici ne changerait rien aux doutes qui envahissaient son cœur à présent.

Nico se fraya un chemin à travers les invités pour prendre congé auprès des organisateurs du gala. Il espérait qu'Emma était simplement fatiguée. Elle était très pâle et avait soudain l'air bouleversé, même si elle s'efforçait de sourire.

— Bonsoir, cousin.

Nico se retourna pour tomber nez à nez avec Antonio. Il ne l'avait pas revu depuis leur bref entretien à son retour de Djakarta.

— Comment vas-tu ? s'enquit Antonio. Tu as retrouvé la mémoire ?

— De l'accident ? Non.

Antonio lui avait déjà demandé ce dont il se souvenait de cette journée. Ce soir, il avait l'air sur ses gardes, nota Nico, parcouru d'un malaise. Était-ce à cause d'Emma ? Y avait-il autre chose ? Mais ce n'était pas le moment de creuser le sujet avec son cousin. Emma l'attendait.

— Je serai de retour au bureau la semaine prochaine pour savoir ce qui s'est passé en mon absence.

Et pour donner sa démission et devenir libre de créer sa propre entreprise. Là non plus, ce n'était pas le moment d'en parler.

— Bien sûr, opina Antonio avec un sourire crispé. Tu dois être impatient de reprendre les commandes.

Le ton était sarcastique. Nico le dévisagea, tous les sens en alerte, avec l'étrange sensation que quelque chose clochait. Si seulement, il se *souvenait*...

— Pourquoi me regardes-tu comme ça ? demanda Antonio, l'air nerveux.

— Je..., commença Nico.

Une image se profilait en filigrane dans son esprit. Le pilote, son expression paniquée, un parachute sur le dos. « Je suis désolé, *signor*. » Et lui... seul dans l'avion, sans parachute, ne sachant quoi faire. Le carburant s'échappait du réservoir, la surface de l'océan se rapprochait...

Il cligna des yeux.

— Excuse-moi, je pensais à autre chose. On se voit la semaine prochaine.

Antonio hocha brièvement la tête et Nico s'éloigna, l'esprit survolté, tentant d'analyser l'inacceptable. *Antonio*... Était-il possible que son propre cousin ait organisé l'accident, payé le pilote pour saboter l'avion ? Avait-il essayé de le *tuer* ?

— Ça va ?

La voix d'Emma l'arracha aux questions qui fusaient sous son crâne.

— Oui, répondit-il brièvement.

Il ne pouvait lui parler de ses soupçons, tant qu'il ne serait pas certain de pouvoir faire confiance à sa mémoire, tant qu'il n'aurait pas obtenu confirmation et qu'il sache comment réagir – et qu'il agisse.

Le trajet du retour s'effectua en silence, Nico à peine conscient de la présence d'Emma assise près de lui, le visage tourné vers la fenêtre. Lorsqu'ils furent arrivés à l'appartement, il l'entendit murmurer quelque chose à propos d'aller se coucher. Il acquiesça, l'esprit ailleurs, avant de s'enfermer dans son bureau pour passer des appels téléphoniques.

Deux heures plus tard, il fixait la nuit noire, le visage à peine éclairé dans la lumière blafarde de la lune, alors que la vérité s'imposait à lui. Une vérité qui changeait tout.

14

Il y avait maintenant deux jours qu'ils étaient de retour sur l'île. Ils avaient quitté Rome dès le lendemain du gala. Depuis, Emma errait seule dans la villa.

Prétextant des affaires urgentes à régler, Nico semblait vouloir l'éviter. Il avait sauté les repas qu'elle lui avait préparés et il s'était couché très tard, bien après qu'elle eut sombré dans un sommeil agité. Et quand elle avait osé lui demander si tout allait bien, il l'avait brièvement rassurée, mais sans croiser son regard.

Emma craignait de savoir pourquoi. Elle l'avait vu discuter avec Antonio juste avant de quitter la réception. Ce dernier avait sans doute distillé son venin. Un venin convaincant puisque Nico avait manifestement décidé de reprendre ses distances avec elle.

Autrefois, elle se serait déjà sauvée. Ne pas attendre d'être jetée dehors, c'était ce que son instinct lui dictait. Un instinct auquel elle refusait de céder, aujourd'hui. Parce qu'elle avait changé et qu'elle était tombée amoureuse. Si elle tenait vraiment à Nico, si elle l'aimait vraiment, elle devait surmonter ses peurs et lui dire ce qu'elle ressentait, lui faire comprendre qu'elle n'avait jamais ressenti cela pour personne et qu'elle ne voulait plus le quitter de toute sa vie. Elle devait se battre pour eux. Pour leur enfant. Pour son amour.

Ce n'est qu'en fin de journée qu'elle trouva le courage de s'avancer vers son bureau sur la pointe des pieds. Le cœur battant, elle s'apprêtait à frapper à la porte quand elle entendit la voix de Nico. Il était au téléphone.

— Je veux que ce soit fait immédiatement, aboya-t-il. Sans délai.

Sans délai pour *quoi* ? Emma laissa retomber sa main et tendit l'oreille.

— Emma ?

La surprise dans la voix de Nico la pétrifia.

— Il n'en est pas question !

Les mots se plantèrent dans le cœur d'Emma – les mêmes mots entendus autrefois, quand elle avait treize ans et qu'elle écoutait, cachée sous l'escalier, sa mère d'accueil parler à l'assistante sociale au téléphone. Les mêmes mots qui avaient lacéré son cœur. Mais ce n'était rien comparé à ce qu'elle ressentait maintenant. Elle était terrassée, brisée, le cœur pulvérisé en mille morceaux.

Aveuglée par la souffrance, elle tourna les talons et courut dans sa chambre. Dans un sac de voyage, elle enfonça ses vieux vêtements – aucun de ceux que Nico lui avait achetés, rien qui torturerait sa mémoire.

Te voilà de retour à la case départ, Emma. Tu es surprise ?

Oui, elle l'était, et c'était le plus grave. Elle avait bafoué ses propres règles en franchissant les limites qu'elle s'était juré de ne plus jamais dépasser, cette distance entre elle et les autres qu'elle avait établie pour garder la tête sur les épaules, ne pas s'attacher, ne pas tomber amoureuse – et voilà le résultat.

Essuyant ses larmes d'un revers de main rageur, elle sortit de la chambre, dévala l'escalier et se rua dehors. Le temps de faire son sac, elle avait rapidement réfléchi au moyen de quitter l'île sans que Nico le sache, parce qu'elle ne supporterait pas de lire la pitié ou le soulagement sur son visage. Elle voulait juste partir.

Elle se lança à la recherche de Stefano, le mari de Maria et homme à tout faire. Elle le trouva dans les jardins. Elle lui raconta qu'elle avait besoin d'aller à Naples faire des courses pour le dîner et lui demanda s'il pouvait l'emmener avec le bateau à moteur.

— Dans votre état, ce n'est pas une bonne idée, *signora*. Il faut compter une bonne heure de bateau, et la mer commence à s'agiter.

Il lui sourit.

— Dites-moi ce qu'il vous faut, j'irai vous les chercher.

— Je préférerais y aller moi-même, insista Emma, les larmes aux yeux, consciente d'avoir l'air d'une enfant. S'il vous plaît, murmura-t-elle.

Stefano lui tapota la main.

— Si vous y tenez, c'est d'accord. Je vais chercher les clés du bateau. Attendez-moi à l'embarcadère.

Le cœur battant, Emma courut jusqu'au ponton. Plus que quelques minutes et elle serait partie...

Elle hésita.

Elle pouvait encore retourner voir Nico, lui demander des explications. Mais elle n'en avait pas le courage. Elle ne supporterait pas d'entendre de sa bouche qu'il ne l'aimait pas, qu'il ne voulait plus d'elle. C'était déjà assez atroce de l'avoir entendu au téléphone...

Jetant un coup d'œil sur le sentier qui menait à la villa, elle chercha Stefano des yeux, mais comme la silhouette qui descendait vers elle se rapprochait, son cœur rata un battement. Ce n'était pas Stefano qui revenait avec les clés, mais Nico qui déboulait à grandes enjambées furieuses.

Quand Stefano vint l'informer qu'Emma voulait aller à Naples, Nico fut tout à la fois étonné et agacé. Après avoir passé les trois derniers jours dans un état de tension extrême, sous la menace constante d'une crise de migraine, il n'avait vraiment pas besoin de ça. Il avait besoin qu'Emma reste en sécurité sur l'île, jusqu'à ce que le problème avec Antonio soit réglé. Repoussant son fauteuil de bureau, il se leva sous le regard déconcerté de Stefano.

— Je pensais qu'il n'y avait pas de problème, *signor*. Que la *signora* peut aller où elle veut.

— Bien sûr, Stefano. Mais pas aujourd'hui. Je vais aller lui expliquer.

— Elle… elle a aussi pris un sac de voyage, précisa le brave homme en se tordant les mains nerveusement.

Nico mit quelques secondes à réaliser… Emma le *quittait*.

Il eut d'abord l'impression qu'un étau broyait son cœur, mais son vieil instinct reprit le dessus. Non, il n'était pas mortellement blessé, il était simplement fou de rage de s'être à ce point trompé sur elle une fois de plus.

— Je m'en occupe, dit-il au malheureux Stefano qui s'empressa de déguerpir.

La colère de Nico grimpait d'un cran à chacune de ses enjambées vers l'embarcadère. Comment osait-elle filer comme une voleuse ? Pourquoi le quittait-elle ainsi, sans un mot ?

Qu'est-ce qui t'étonne ? Elle était prête à épouser un autre homme trois mois seulement après l'annonce de ta disparition.

Il aurait voulu faire taire la petite voix traîtresse, mais c'était difficile quand la preuve était là sous ses yeux – Emma qui se recroquevillait à son approche, un sac de voyage dans les mains, avant de relever le menton et de le fusiller du regard.

— Je m'en vais, et tu ne m'en empêcheras pas.

Nico s'arrêta sur le ponton, les poings serrés.

— Tu aurais pu me prévenir que tu partais, dit-il d'une voix dangereusement douce.

— Pour quelle raison ? Je te fais simplement gagner du temps.

Nico la jaugea du regard, notant avec un pincement au cœur ses mains crispées sur le sac de voyage, ses grands yeux terrifiés, la façon dont elle se mordait les lèvres. Il fit un pas vers elle, mais elle avait l'air si désespérée qu'il s'immobilisa.

— Gagner du temps ? répéta-t-il. Comment ça ?

— Tu le sais très bien.

— Non. Franchement, je ne sais pas.

— Pourquoi m'obliges-tu à le dire ? s'emporta Emma. C'était suffisamment blessant de t'entendre au téléphone...

Nico réalisa qu'elle avait dû entendre son coup de fil. Était-elle au courant pour Antonio ?

— Emma, ce que tu as entendu...

— J'ai entendu que tu voulais divorcer dès que possible. Sans *délai*.

— Quoi ? s'exclama-t-il, stupéfait.

— Écoute, ce n'est pas la première fois qu'on ne veut plus de moi, d'accord ? Je sais quand la situation commence à se gâter et je déteste m'incruster. Je préfère sortir du paysage. Alors épargne-moi le bilan post-mortem et laisse-moi filer...

— Il n'en est pas question.

— C'est exactement ce que tu as dit !

Sa voix se brisa.

— J'ai tout *entendu*, Nico.

Il s'approcha.

— Emma, ces mots que tu as entendus, ils ne t'étaient pas destinés et tu en as manifestement tiré de fausses conclusions.

Il jeta un coup d'œil au bateau, aux eaux plissées par le vent qui s'était levé. Puis il tendit la main pour prendre le bras d'Emma.

Elle eut un mouvement de recul.

— Ne me touche pas.

Il laissa retomber sa main.

Emma le regardait à présent, des larmes plein les yeux, et le remords comprima le cœur de Nico. Il avait alimenté ses peurs parce qu'il était trop fier pour lui expliquer les choses clairement. Trop fier pour reconnaître qu'il avait échoué à la protéger comme il l'avait promis en l'épousant. Trop fier pour reconnaître que sa propre famille avait voulu se débarrasser définitivement de lui. Trop fier pour partager sa souffrance avec elle.

— Emma, s'il te plaît. Je peux tout t'expliquer.

— Je te faisais confiance. Je...

Elle se tut si brutalement qu'il se demanda avec un frisson d'espoir si elle avait failli lui avouer qu'elle l'aimait – autant qu'il l'aimait. Il avait voulu le lui dire le soir du gala, mais découvrir qu'Antonio avait commandité son assassinat avait tout remis en question. Il avait alors choisi de ne pas déclarer ses sentiments à Emma tant qu'il n'aurait pas réglé cette histoire sordide. Tant qu'il ne serait pas certain de pouvoir assurer sa sécurité et celle de leur avenir.

Il réalisait maintenant que ce qui lui avait paru logique n'était rien moins que de l'orgueil. Tout comme son père, il s'était accroché à cet orgueil imbécile, uniquement soucieux de s'épargner l'humiliation de devoir reconnaître que son propre cousin le haïssait au point d'avoir tenté de l'assassiner et qu'il était encore en liberté.

De nouveau, il tendit la main vers Emma.

— S'il te plaît, on peut discuter ?

Au bout de quelques secondes qui lui parurent une éternité, elle haussa les épaules.

— Je t'écoute.

— Dis-moi d'abord ce que tu penses m'avoir entendu dire au téléphone. De quoi je parlais, selon toi ?

De nouveau, les yeux d'Emma s'emplirent de larmes qu'elle chassa d'un furieux battement de cils.

— N'est-ce pas évident ?

— Pas pour moi.

Emma se voûta et regarda le bout de ses pieds.

— J'ai compris que tu ne voulais plus de moi. Tu veux divorcer, me renvoyer... ou m'éloigner.

Nico sentit son cœur se déchirer pour cette femme si souvent rejetée qu'elle ne pouvait croire à l'amour même quand elle l'avait sous les yeux. D'un autre côté, comment pouvait-elle y croire quand il n'avait pas encore eu le courage de lui dire qu'il était fou amoureux d'elle ?

Il prit une grande inspiration.

— C'est tout le contraire, Emma, dit-il doucement. Je ne veux pas me séparer de toi, je veux rester ton époux, parce que je... t'aime.

Elle releva la tête. Il vit ses pupilles se dilater, ses lèvres s'entrouvrir, mais elle se tut, se contentant de le dévisager.

— J'aurais dû te le dire plus tôt, Emma. Je voulais, mais un événement a tout chamboulé. Je t'expliquerai. Pour le moment, la seule chose qui compte c'est que je t'aime. Je l'ai compris le soir du gala. J'ai vu la femme rayonnante, celle que tu es réellement, celle qui me fait rire, celle qui me touche, celle avec qui je me sens vivant. J'étais tombé amoureux de toi bien avant. Je sais bien que nous étions convenus qu'il n'était pas question d'amour entre nous. Mais qu'est-ce que l'amour si ce n'est ce que nous vivons – toi et moi, heureux ensemble, avançant main dans la main, veillant l'un sur l'autre. Il ne s'agit pas d'un conte de fées éphémère, Emma, mais de la réalité. Tout simplement.

Elle esquissa un sourire incrédule.

— C'était un beau discours.

Il laissa échapper un petit rire nerveux. Il ne s'était jamais senti aussi vulnérable et Emma n'avait toujours pas dit si elle l'aimait.

— Merci, réussit-il à prononcer. J'étais sincère.

Elle le fixait à présent en plissant les yeux, l'air toujours peu convaincue.

— Dans ce cas, tu peux me dire pourquoi tu m'ignores depuis le gala, pourquoi tu fais tout pour m'éviter ?

— Je suis désolé si c'est l'impression que je t'ai donnée. Mais ce n'était pas intentionnel. En fait, j'étais très préoccupé par... par un problème au niveau de l'entreprise.

Même maintenant, il avait du mal à lui avouer la vérité.

Emma haussa les sourcils.

— Un problème au niveau de l'entreprise ?

— Eh bien, oui... Le soir du gala, je me suis souvenu de l'accident.

Nico marqua une pause sous le regard toujours aussi sceptique d'Emma. Il devait lui dire toute la vérité *maintenant*. Il le fallait pour ne pas la perdre.

— L'avion a été saboté. Le pilote a vidé le réservoir de carburant, puis il a sauté en parachute. Mais juste avant de sauter, il a dit...

Nico déglutit péniblement.

— Il a dit que c'était Antonio, mon cousin, qui l'avait payé pour m'éliminer.

— Quoi ? s'exclama Emma. Oh ! mon Dieu, c'est affreux ! Tu es sûr ?

Il baissa les yeux.

— Il m'a suffi de quelques coups de fil pour avoir confirmation de sa tentative d'assassinat. J'ai toujours su qu'Antonio était jaloux, mais de là à vouloir ma mort... Quand il a appris que le sang des Santini ne coulait pas dans mes veines et que je conservais malgré tout le poste de P-DG, ça l'a rendu fou de rage. Au point de comploter mon assassinat. Rien que ça !

Nico tenta un sourire ironique, mais ses lèvres restèrent figées. Il avait longtemps considéré Antonio comme son frère. Découvrir que ce dernier le haïssait au point de l'éliminer l'avait anéanti. Et s'il n'en avait rien dit à Emma, c'était parce qu'il avait honte, honte d'avoir été rejeté de façon aussi radicale par sa propre famille. Parce que cela lui avait donné l'impression d'être indésirable… exactement comme Emma croyait l'être depuis si longtemps.

— Quand tu m'as entendu au téléphone, j'étais en train de dire à l'inspecteur qu'il n'était pas question que tu sois appelée comme témoin. Je voulais te tenir à l'écart de cette affaire sordide. Bien sûr, j'aurais dû te demander ton avis. J'aurais dû t'en parler. C'est juste que…

Il écarta les mains dans un geste d'impuissance.

— Je voulais régler ça tout seul pour que personne ne sache que mon propre cousin avait tenté de se débarrasser de moi.

Emma fit un pas vers lui et le regarda comme si elle le voyait pour la première fois. Dans ses yeux, il n'y avait plus ni rancœur ni chagrin. Seulement une infinie douceur.

— Je suis bien placée pour te comprendre, Nico. Et si j'ai réagi aussi violemment à tes paroles au téléphone, c'est à cause des mots que tu as employés… les mêmes que ceux de ma mère d'accueil quand j'avais treize ans.

Elle prit une courte inspiration.

— C'était une famille à laquelle je m'étais attachée. J'étais chez eux depuis un an, l'année la plus heureuse de toute ma vie. Ils étaient gentils et me traitaient comme si je faisais partie des leurs.

Elle se mordit la lèvre.

— Un jour, l'assistante sociale chargée de mon dossier m'a laissé entendre qu'ils pourraient m'adopter. Elle n'aurait pas dû s'avancer, mais je crois qu'elle voulait me donner de l'espoir et sans doute pensait-elle que l'adoption était acquise.

Un matin, j'ai entendu ma mère d'accueil au téléphone avec l'assistante sociale et quand celle-ci lui a parlé de l'adoption, elle a répondu « Emma ? Il n'en est pas question. »

Luttant contre les larmes, Emma entendit sa voix se fêler.

— Elle était si catégorique... et scandalisée aussi. Comme s'il était impensable qu'on puisse m'adopter. Alors, j'ai commencé à faire les quatre cents coups, et deux semaines après j'étais transférée dans un foyer pour adolescents. Je n'ai jamais dit à cette femme que je l'avais entendue. Je ne lui ai jamais demandé pourquoi.

Il était facile de deviner la souffrance qui se cachait sous ces mots. Et quand Nico lui tendit les bras, Emma s'y jeta.

— Quand je t'ai entendu prononcer ces mêmes mots, ce fut comme si j'avais remonté le temps. Je n'avais qu'une seule idée, fuir, ne plus revivre ça. Le plus drôle, c'est que j'étais venue à ton bureau...

Elle s'écarta légèrement pour regarder Nico.

— J'étais venue te dire que je t'aimais. Moi aussi, je l'ai compris le soir du gala. En te voyant au milieu de tous ces gens, je me suis dit que peut-être...

Elle esquissa un sourire timide.

— ... nous étions faits l'un pour l'autre.

— Nous sommes faits l'un pour l'autre, confirma Nico avec une ferveur balayant leurs doutes et leurs angoisses.

Le sourire d'Emma s'élargit.

— Tu es sûr ?

— Sûr et certain ! Je suis amoureux de toi, Emma. De tout ce que tu es. Même si tu n'es pas toujours facile.

Emma éclata de rire, puis, reprenant son sérieux, elle posa ses mains sur les épaules de Nico.

— Que va-t-il se passer pour Antonio ?

— Il doit être interpellé dans les heures qui viennent.

Nico baissa la tête.

— Jamais je n'aurais imaginé qu'il puisse faire un truc pareil. Nous avons grandi ensemble et je l'aimais comme un frère. Qu'il veuille ma mort est tellement humiliant, tellement blessant... C'est pour ça que je ne t'ai rien dit.

— Je comprends, murmura Emma.

Puis, enveloppant le visage de Nico entre ses mains, elle l'embrassa dans un élan d'amour et de peine partagés.

— Emma, je crois que nous avons beaucoup en commun, toi et moi, souffla-t-il contre ses lèvres.

— Bien plus que nous n'aurions jamais osé imaginer, mon amour.

Puis, l'œil malicieux, elle prit la main de son époux pour la poser sur son ventre.

— Tu le sens ?

À la surprise de Nico et pour sa plus grande joie, il perçut un frémissement sous sa paume – un minuscule coup de pied ou de poing qui les fit éclater de rire.

Épilogue

Un an plus tard

— Ta fille a de la voix.

Nico entra dans la cuisine, avec dans les bras un bébé de six mois aux boucles brunes et aux grands yeux pailletés d'or qui hurlait à pleins poumons.

— Notre fille, tu veux dire ? plaisanta Emma en lui enlevant le bébé. Thea est comme son papa. Elle sait ce qu'elle veut.

— Et là tout de suite, elle réclame sa maman, répliqua Nico avec une moue dépitée en voyant la fillette se calmer instantanément.

Emma posa un baiser sur la joue de son époux en riant.

— Elle a juste besoin d'une sieste. Je vais la coucher tout de suite.

— On dirait que tu es en pleine expérimentation culinaire, nota Nico en jetant un coup d'œil gourmand aux casseroles qui mijotaient sur la cuisinière.

— Rien qui ne puisse attendre.

Trois mois plus tôt, grâce au financement octroyé par la nouvelle boîte d'investissement de Nico, Emma avait lancé sa propre entreprise de traiteur. Depuis leur maison en pleine campagne toscane, elle préparait des plats pour des réceptions et des événements privés. Jusqu'à présent, elle n'avait reçu que quelques commandes, mais les débuts semblaient prometteurs, tout comme la société capital-risque de Nico.

Ils venaient de vivre une année riche en nouveautés. Apprendre à vivre en tant que mari et femme, puis en tant que parents. Apprendre à laisser derrière eux la famille qu'ils avaient perdue – Antonio était en prison et Nico n'avait plus aucun contact avec son père. Construire leur nouvel environnement familial. Maria et Stefano avaient quitté l'île pour s'établir en Toscane avec eux et faire office de grands-parents adoptifs, de baby-sitters d'urgence et d'amis très précieux.

C'était une vie dont Emma n'aurait jamais osé rêver – une vie d'amour, de joie et de douceur. Tout n'avait pas été simple. Les vieilles angoisses revenaient parfois et chacun soutenait l'autre avec patience et sincérité. Mais, peu à peu, le bonheur s'était insinué dans leur vie et en avait pris possession.

— Après avoir couché Thea, fit Nico avec un sourire enjôleur, tu ne voudrais pas faire une sieste, toi aussi ?

Emma tourna la tête vers les casseroles. Il n'y avait pas d'urgence.

— Pourquoi pas ? répondit-elle, l'air songeuse. Je dois avouer que je suis un peu fatiguée.

Voyant le sourire de son époux faiblir, elle éclata de rire avant de grimper l'escalier en courant avec leur fille qui poussait des petits cris heureux dans ses bras et Nico qui la suivait de près.

RESTEZ CONNECTÉ AVEC HARLEQUIN

Harlequin vous offre un large choix de littérature sentimentale !

Sélectionnez votre style parmi toutes les idées de lecture proposées !

 www.harlequin.fr   **L'application Harlequin**

- **Découvrez** toutes nos actualités, exclusivités, promotions, parutions à venir…

- **Partagez** vos avis sur vos dernières lectures…

- **Lisez** gratuitement en ligne

- **Retrouvez** vos abonnements, vos romans dédicacés, vos livres et vos ebooks en précommande…

- Des **ebooks gratuits** inclus dans l'application

- **+ de 50 nouveautés tous les mois !**

- Des **petits prix** toute l'année

- Une **facilité de lecture** en un clic hors connexion

- Et plein d'autres avantages…

Téléchargez notre application gratuitement

SUIVEZ-NOUS !   facebook.com/HarlequinFrance
twitter.com/harlequinfrance